책과 영화로 보는 세상 이야기

그때의 과거처럼,
지금의 현재처럼

그때의 과거처럼,
지금의 현재처럼

펴 낸 날   2024년 05월 22일

지 은 이   김정숙
펴 낸 이   이기성
기획편집   서해주, 윤가영, 이지희
표지디자인 서해주
책임마케팅 강보현, 김성욱
펴 낸 곳   도서출판 생각나눔
출판등록   제 2018-000288호
주   소   경기도 고양시 덕양구 청초로 66, 덕은리버워크 B동 1708호, 1709호
전   화   02-325-5100
팩   스   02-325-5101
홈페이지   www.생각나눔.kr
이 메 일   bookmain@think-book.com

• 책값은 표지 뒷면에 표기되어 있습니다.
  ISBN 979-11-7048-713-5 (03810)

책과 영화로 보는 세상 이야기

그때의 과거처럼, 지금의 현재처럼

김정숙 산문집

생각나눔

그때의 과거처럼, 지금의 현재처럼

프롤로그

세월이 가면서 달라지는 게 있다면 출렁거리던 감정이 평화로워진다는 점이다. 편도체가 하던 일이 전두엽으로 옮겨졌는지, 사물을 봐도 과거처럼 감정이 술렁이지 않고 평온한 것이 글을 쓰는 입장에선 이런 악재도 없다. 대신 좋은 점이 있다면 사람과 사물의 객관화가 가능해졌다는 점이다. 과거엔 감정의 소용돌이에서 이성적 판단을 해야 했던 순간마저도 감정적 판단과 결단으로 시행착오를 겪었는데, 이젠 그런 게 내 주변에서 거의 물러났다. 그 대신 예전처럼 사물에 대한 감정이입으로 오감을 표현하는 능력은 점점 사라지고 있다. 대담한 글쓰기나 앞뒤 안 가리고 썼던 글들은 이젠 내 영역이 아닌 듯하고, 이젠 나잇값 하는 어른이 되어야 한다는 의무감도 생긴다.

나는 2016년 산문 『아니면 말고』와 2018년 산문 『2018 세상구경』을 쓴 이후 2년에 한 권 정도의 책을 쓸 수 있을 줄 알았다. 그런데 두 번째 책 이후 나의 글은 정서의 한계와 서사의 일정구획에서 벗어날 수 없었다. 인간이 평생 지닌 정서가 책 두 권 치라는 생각을 하니 그것이 나의 글쓰기의 한계라는 걸 깨달았다. 그때부터 사람들에게 내 글을 내놓는 것이 부끄러웠다.

그래도 읽기와 쓰기는 놓을 수 없는 습관이었다. 매일 아침 일정 시간 책을 읽는 루틴이나 틈틈이 끄적이는 글쓰기는 마치 습관과도 같았다. 어차피 계속할 수밖에 없다면 즐기는 수밖에 없었다.

코로나가 시작되자 직업이던 강의 활동을 할 수 없었다. 부모 교육 강의든 노인대학이든 교회든 성당이든 모든 곳에서 강의가 차단되니 우울이 찾아와 삶이 무기력해지고 느리게 가는 거북이처럼 삶이 무겁고 느렸다. 자전거를 타고 운동을 본격적으로 하면서 어느 정도 우울을 극복했지만, 사람들과의 교류에 대한 갈망은 그래도 계속되었다. 그때 궁여지책으로 모은 게 ZOOM으로 하는 독서토론회이다. '책 읽는 사람들'이라는 호칭으로 코로나 팬데믹이 끝날 때까지 7~8명의 회원과 낭독으로 책을 읽고, 1주일에 한 번씩 ZOOM으로 만나 토론했다. 사람이 모인 곳에 지식과 정보가 모이고, 다양성이 만나는 걸 경험했다.

6년 만에 태어나는 이 책은 코로나 팬데믹 기간 동안 '책 읽는 사람들'과 함께 읽었던 책과 OTT로 본 영화를 보고 칼럼을 썼던 글들이다.

일정한 구획의 서사에서 벗어날 방법을 찾던 끝에 책과 영화의 도구를 활용하기로 했다. 사람들이 내 글을 읽었을 때 정보든 지식이든 아니면 공감이든, 세상 사는 데 도움이 될 만한 소재를 찾아야겠다고 생각한 게 책과 영화다. 나의 정서와 서사만이 아닌 책과 영화의 소재를 도구로 삼는 순간 자료는 더 풍요로워졌고, 지식과 정보는 공부해서 준비해야 하는 숙제였다. 아무쪼록 이 책을 읽는 사람들에게 나의 글이 세상을 사는 데 조금이라도 도움이 되고, 휴식이 되면 좋겠다.

01 movie column 영화 칼럼

02 book column 도서 칼럼

movie column

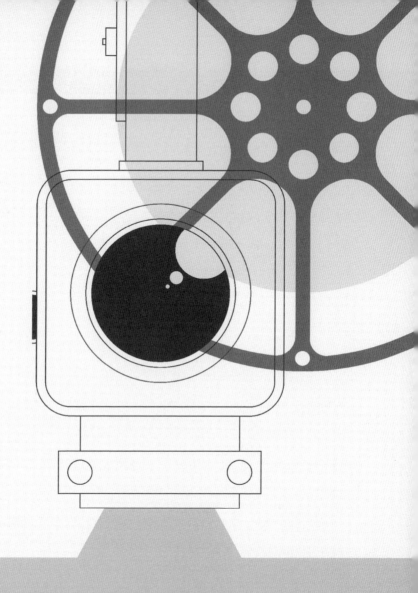

그때의 과거처럼, 지금의 현재처럼

영화 칼럼

"잊지 마! 특별한 무언가가 되지 못해도,
우리 각자는 모두 살아갈 의미가 있는 존재야."

내가 그랬듯이 세상의 모든 이들은 엄마의 자궁에 착상됐을 때부터 관심의 대상이었다. 아기의 초음파 촬영만으로도 신비와 경외의 숨 고르기를 했으며, 10달의 지난한 시간을 견디고 세상에 나온 순간, 세상의 모든 이들은 탄성을 지르고 축복했다. 태어나는 모든 생명은 경외와 탄성과 축복의 아이콘이었다. 이제 그 아기들은 세상과 마주하며 살아내야 한다. 그렇게 청년이 되고 성인이 되며 노년이 되어 간다.

그러나 세상의 삶은 엄마의 자궁 속처럼 평화롭게나 아늑하기만 한 것은 아니다. 어느 땐 즐겁고 판타스틱하거나 평화롭기도 하지만, 어느 땐 고되고 혹독하기도 하다. 그래도 생명체로 태어난 이상 우리는 주어진 삶을 어떻게든 살아내야 한다. 그것이 인생이다.

　세상을 살아 낸 모든 이들은 이렇게 말한다.

"삶은 혹독한 것이다!"

　혹독한 삶을 살아내야 하는 게 인간인데도 거기에 덧붙여 세상은 공평하지도 않다. 날 때부터 모두가 달라서 어떤 사람은 복을 타고 태어났다고도 하고, 어떤 사람은 지지리도 복이 없다고 하기도 한다. 그뿐인가, 세상을 사는 건 운이 작용하기도 해서 어떤 사람에겐 사는 동안 행운이 찾아오기도 하지만, 어떤 사람은 불운한 삶을 살아야 하기도 한다. 불공평하고도 불공정한 세상이 인간 세상이다. 그래도 우리는 이러한 불공평과 불공정마저도 견뎌내야 한다.

　불운한 인생을 살아야 하는 운명에서 결핍은 최악의 손님이다. 심리적 결핍이든 물리적 결핍이든 결핍은 있어야 할 것이 없어지거나 모자란 상태다. 다른 사람들은 있어야 할 것이 마땅히 있고 모자라지 않는데, 상대적으로 없거나 모자란다면 그들은 혐오와 편견의 대상이 될 수 있다. 물리적으로 궁핍해도 궁핍으로 파생되는 물리적 심리적 결핍은 세상은 부조리하고 삶의 의미가 없다고 위축될 수밖에 없으며, 신체적으로 다른 사람과 달라도 삶은 모든 활동 분야에서 장애물을 만날 수밖에 없다.

결핍이 주어진 결핍에서만 끝나는 것이 아니라 그로 인해 가지치기된 파생 결핍들은 인생을 어두컴컴한 동굴에 갇히게 한다. 아무 잘못을 하지 않고 살아가는데도 타인을 이해하지 않는 세상에 짓밟히는 때도 있고, 타인의 세상을 사는 방식이 나에게 영향을 미쳐 인생의 꽃을 피우지 못하게 되는 때도 있다. 그만큼 세상은 불공평하고, 불공정한 것에 그치는 것이 아니라 부조리하기까지 하다.

그래도, 그럼에도 그 혹독한 세상을 살아내야 하는 게 인생이다. 혹독한 세상을 살아내는 사람들은 나름대로 방법이 다르다. 어떤 이들은 세상의 혹독함 속에 웅크려 어쩔 수 없이 살아내는가 하면 어떤 이들은 혹독함 속에서도 삶의 꽃을 피워 내기도 한다. 삶의 꽃을 피우느냐 마느냐의 차이는 삶의 태도다.

영화 「앙: 단팥인생 이야기」는 엄마의 자궁에서 축복받으며 태어났을 세 사람이 인생의 여정에서 만나는 결핍을 지니고 어떤 태도로 삶을 살아내는지를 보여 준다. 여기서 특별한 존재가 아니어도 특출한 삶이 아니어도 삶의 의미란 받아들이는 주체에 따라 달라진다는 것을 영화는 시사한다.

어두컴컴한 동굴에서 헤어 나오지 못하는 수동적 인간의 태도에 주체적 삶이 가진 힘이 어떤 영향력을 발휘하는지를 보여 주는 영화는 어떠한 경위로든 결핍을 지니고 살아가야 하는 인물들에게 세상에서 주체적인 삶의 가치를 창출해 내는 방법을 알려 주기도 한다. 결핍은 그저 주변 사항일 뿐, 눈앞에 놓인 사소한 아름다움마저도 삶의 의미로 받아들이며 사는 삶의 태도가 얼마나 가치 있는지를 보여 준다. 아무 잘못을 하지 않았는데도 세상에 짓밟히는 사람들에게 세상의 편견과 혐오의 대상으로 바깥세상을 경험하지 못한 노인이 혹독한 세상을 살아가며 발휘해야 하는 지혜와 인생의 의미가 어떤 것인지, 그리고 존재만으로도 얼마나 소중한 사람들인지를 통찰하게 하는 대화로 영화는 은은한 향기를 전한다.

"잊지 마! 우리는 이 세상을 보기 위해, 듣기 위해 태어났어. 특별한 무언가가 되지 못해도, 우리 각자는 모두 살아갈 의미가 있는 존재야."

순수의 영혼이 자본을 스쳐 가는 순간

　　　　　자본주의가 낳은 현대사회의 병폐, 황금만능주의
가 일상화되어 모든 인간관계가 돈에 얽매인 관계로 변해버린 시대
에 영화 「건지 감자껍질 파이 북클럽」은 우리의 심장을 보드라운
볼살과 함께 사라졌던 순수 시대로 귀환하는 기분이라고 하겠다.
　소설이 원작인 「건지 감자껍질 파이 북클럽」은 2018년에 영화로
도 만들어졌다. 나는 넷플릭스에서 두 번 봤다. 책의 등장인물과
디테일보다 영화에선 다소 축약되어 보여 주고 있지만 건지 섬의
자연풍경, 장면마다 등장하는 낡고 오래된 것들의 친근함은 등장
인물까지도 친근한 감성으로 이끌면서 관객의 마음을 편안하게 하
는 매력이 있다. 그런 걸 우리는 옛것의 고향을 그리워하는 향수,
노스탤지어라고 하지 않는가. 자본주의, 물질 만능주의의 팽창은

비인간적이고 폐쇄적인 상업주의로 팽배해진다. 그리하여 자유 연상적 인간관계는 불가능해지게 되고 모든 인간관계는 돈에 얽매인 관계, 이해득실이 깔려 있는 사회로 변모한다. 이 영화엔 현대인들의 삶에선 찾아보기 힘든 순수의 감성들이 고스란히 담겨 있다.

시대적 배경이 제2차 세계대전 중이었음에도 여타 전쟁 영화에 비해 잔인한 장면이 나오지 않는다. 독일군이 소리를 지른다든가 돼지를 수탈해 가는 장면만 '적군'의 표식으로 나타날 뿐, 심지어 영화에 등장하는 엘리자베스의 연인인 독일인 의사는 마을 사람들에게 도움을 주는 '선한 적군'이다. 전쟁이 낳은 상흔, 트라우마를 겪은 사람들의 이야기를 풀어나가는 게 영화 대부분의 장면이다.

영국의 건지 섬은 제2차 세계대전 중 독일에 점령당했는데, 영국보다 프랑스에 가깝고 동떨어져 있어서 사실상 영국의 방어는 건지 섬을 등한시하던 참이었다. 그런 연유로 건지 섬의 주민들은 5년간이나 독일의 점령하에 공포스러운 삶을 살아야 했는데, 그나마 그 사람들의 삶을 지탱할 수 있게 해 준 건 '책'이었다.

'건지 감자껍질 파이 북클럽'이라는 문학인의 모임은 마을 주민을 유대와 연대로 묶어 주었고, 적군이 뻔히 진을 치고 있는 5년간의 생활에서도 견디고 웃음을 잃지 않게 해 주었다. 연대는 구성원의 권리를 보호해 주고 지독한 고통을 완화해 준다.

영화 「건지 감자껍질 파이 북클럽」에서도 책이 사람을 연결했다. 유대와 로맨틱, 휴머니즘, 평화, 위안, 치유, 순수, 가치, 정의로움, 용기, 노스탤지어, 이분법적 사고의 유연화…. 영화 관람 후 이런 종류의 키워드로 정리된다는 건 책이라는 도구의 역할이 한 시대의 영웅이 해내는 역할만큼이나 소중하고 귀할 것이다.

영화의 주인공 줄리엣과 도시 애덤스의 로맨스가 결실을 맺은 건 서로가 좋아하는 것들을 공유하고 소소하게 마음을 써주는 자세 때문이었다. 이러한 것들이 돈 많은 부자 마크가 끼워 준 왕반지에 덧붙인 벼락같은 청혼보다 더 단단히 이들을 묶어 주었다. 사이좋은 커플은 대화가 끊이지 않고 독서, 여행, 사람들과의 친교를 함께한다. 줄리엣과 도시 애덤스도 좋아하는 것들, 책이라는 매체를 공유하였다. 또한 건지 마을에서 전쟁의 트라우마로 남은 '엘리자베스 찾기'의 과제는 마을 주민 모두가 풀어야 할 숙제요, 엘리자베스의 딸을 키우고 있는 도시 애덤스에게는 더 적극적으로 해결해 주어야 할 문제였다. 그런 숙제를 작가 줄리엣이 적극적으로 돕고 해결하였다

순수와 가치를 중시하는 작가 줄리엣의 역할은 마을 주민 모두에게 휴머니즘의 본보기를 보여 주었을 뿐만 아니라 이런 모습을 본 남자 주인공 도시 애덤스에게 줄리엣은 매력적이고 강하고 사랑스러웠을 것이다. 줄리엣의 눈은 건지 마을 사람들의 전후 고통을

해소시켜 주려는 욕망으로 빛나고, 그로써 전쟁의 심리적 심근경색으로 괴로웠던 건지 마을 사람들의 심장은 새것처럼 박동하면서 생의 활력을 찾게 되었다.

사랑을 쟁취하는 곳에 삼각관계는 클리셰처럼 등장한다.

그 클리셰의 구성 인물들이 어떤 캐릭터를 갖고 있느냐에 따라 해피엔딩의 주인공이 누가 될 것인지는 뻔하기도 하지만, 이 영화는 삼각관계의 두 남자(마크와 도시 애덤스)를 통하여 자본과 순수의 저울을 스크린에 올려놓았다. 결국 여주인공 줄리엣이 순수를 택했다는 점에서 값(price)과 가치(value)를 다시 생각해 보게 한다.

그때의 과거처럼
지금의 현재처럼 앞으로의 미래처럼

　　　　　한 곳에서 오래 머물거나 오래도록 어떤 일에 종사
하다 보면 조금씩 더워지는 유리병 속의 개구리처럼 변화하는 바
깥세상에 적응하지 못하거나 따라가지 못하는 불상사가 생긴다. 그
걸 우리는 통상 매너리즘에 빠졌다고 한다. 매너리즘이 반복되어
치아의 치석처럼 몸에 체화된 사람을 통상 '꼰대'라고 부르고, '꼰
대가 되어 간다'고 한다.

　꼰대의 특성은 기득권이다. 가정에선 부모일 수 있고, 조직에선
상사일 것이다.
　부모 꼰대는 자녀와 소통하기가 점차 어려워지고, 가정을 경영하
는 것도 어려워진다. 조직의 꼰대는 조직원들과의 소통은 물론 조

직의 성과를 내는 것 또한 어려워질 것이다.

누구는 꼰대가 되고 싶어서 되었을까마는 우리는 자신이 꼰대가 되어 가는 과정을 좀처럼 알아채기가 쉽지 않다. 서서히 더워져 가는 물속의 개구리처럼 꼰대가 되어 가는 과정은 자신도 알아차리지 못한다는 데 함정이 있다. 그런 자신의 변화를 시대적 변화와 조류에 따라 적시적기에 알아차릴 수만 있다면 얼마나 좋을까?

안타깝게도 우리는 시대가 어떻게 변하고 있는지, 어떻게 시대적 조류에 편승해야 하는지를 스스로 알아차리려 의식적으로 노력하지 않으면 제대로 알 수가 없다.

가정이든 조직이든 꼰대라는 존재가 있는 한 그 꼰대와 부딪히는 자리를 피하려고 할 것이요, 아니면 입에 발린 사탕발림으로 꼰대의 마음에 들려고 안간힘을 쓸 것이다.

그런 가족 구성원이나 조직 구성원이 어떻게 가정을 이끌고, 조직을 이끌어 나갈지는 불을 보듯 뻔하지만 어쨌거나 이런 현장의 발전 가능성은 퇴보 아니면 제자리걸음일 뿐 앞으로 나아간다는 '전진, 개선, 발전, 향상' 류의 키워드는 발견하기 어려울 것이다.

그나마 꼰대가 있는 가정이든 조직이든 꼰대인 자신이 꼰대라는 걸 인정하고 성찰하여 개선되는 쪽이라면 금상첨화지만, 이미 체화된 꼰대상은 자신이 어떤 상인지 알아차리지 못해서 지속적 꼰대는 따 놓은 당상이다.

그래서 이런 경우 가정에선 자녀든 누군가가 꼰대 부모를 알아차리게 하기도 하고 동년배들과의 소통 중 자신을 살펴보는 계기가 되기도 하지만, 여간해선 조직에는 꼰대 상사를 꼰대라고 알려 주는 조직원들이 흔치 않다. 상사가 자신의 밥줄을 쥐고 있는데 상사의 아이디어나 추진 방법, 전략에 대하여 비판하거나 싫은 소리를 하는 부하 직원이 흔하겠는가? 함부로 그렇게 했다간 '찍힌다'는 낙인이 머릿속에 가득 차 있는데 언감생심 어떻게 그런 말을 할 수 있을까?

영화 「레이트 나이트(Late Night)」는 언감생심 조직에서 감히 하지 못 하는 쓴소리를 하며 매너리즘에 빠진 조직을 변화시키는 신참내기와 꼰대 상사와의 갈등을 보여 준다. 쇼 진행자 캐서린은 보통 남자가 맡는 경우가 많은 TV 나이트쇼를 수십 년간 진행하는 성공한 기득권층이다. 그녀도 한 곳에서 오래도록 일하다 보니 매너리즘에 빠진다. 초심도 잃고, 자신의 정체성도 잊은 그녀는 그 매너리즘의 대가로 시청률이 점차 떨어지게 되고 결국 그 프로그램의 진행을 그만두어야 하는 위기까지 겪는다. 이때 '짠!' 하고 나타난 사람이 신참내기 몰리이다. 몰리는 캐서린이 진행하는 나이트쇼를 오래도록 보아 오면서 어떤 점이 이 프로그램의 시청률을 떨어지게 하고 있는지 정확하게 안다. 그럼에도 그 어떤 부하 직원도 감히 상사 캐서린에게 입바른 소리를 못 하고 있는데 신참인 몰리가 한다. 싫은 소리 듣기 좋아하는 사람이 어디 있겠는가. 당근! 두 사람은 그 대가로 갈등을 겪는다. 그 갈등을 해결하고 풀어 나가는 과정이 이 영화의 백미다. 매너리즘의 터널에 갇혀서 잠시 멈춰 섰던 배가 다시 앞으로 나아가게 할 수 있었던 계기들을 영화는 풀어낸다.

우리의 과거와 현재, 그리고 미래에서 영원히 계속될 꼰대표 매너리즘이지만, 어떻게 자신을 돌아보고 타인을 수용하며 받아들이는지에 따라 배는 산으로 가기도 하고 바다로 가기도 한다. 과거와 현재, 그리고 미래의 우리 삶처럼 말이다.

"사랑은 괜찮게 그린 그림을 기꺼이 망치는 거예요.
훌륭하게 그릴 기회를 위해서."

연인이든 부부이든 친절, 지성, 신뢰성, 운동 능력, 용모, 경제적 전망 등의 환상적인 조합이 몽땅 이루어진 한 사람을 만난다는 것은 하늘에서 별을 따는 것처럼 어려운 일이다. 이 준엄한 사실 때문에 어떤 사람들은 애시당초 이런 게임에 진입하는 걸 아예 포기하기도 하고, 어떤 사람들은 피할 수 없는 경쟁이라 여기며 게임의 시험장에 무턱대고 들어서기도 한다. 그 게임이 어느 땐 무모하기도 하고 어느 땐 인생을 시험당하는 꼴이 되기도 하지만, 어찌됐건 인간의 성호르몬이 들끓는 젊은 시기엔 물불 안 가리고 투신하듯 자신을 맡긴다.

영화 「반쪽의 이야기」는 고등학교 졸업을 앞둔 하이틴의 로맨스,

코미디 영화이다. 자신의 반쪽을 찾아 사랑을 쟁취하려는 고등학생들의 이야기를 잔잔하면서도 폭력적이지 않은 구도로 엮어냈는데, 청소년기의 가장 예민한 사랑 쟁취 과정을 통해 자신들의 장래와 가업, 타인에게 말할 수 없는 각자만의 고민을 가을 저녁의 신선한 바람처럼 잔잔하게 풀어낸다.

이야기의 발단은 러브레터의 대필이었다. 가정 형편이 어려운 앨리 학생이 친구들의 숙제를 대신 해 주며 20달러씩 용돈을 벌어 가정을 꾸려가는 상황에서, 폴 학생은 학교에서 가장 아름답고 인기 있는 에스터에게 러브레터를 써 달라고 제안한다. 자신의 감정을 담아 주관적이고도 극히 사적인 내용을 교환하는 러브레터를 대필해 달라는 제안에 그건 절대 할 수 없다고 하지만 전기세를 못 내서 당장 전기가 끊기는 상황에선 '그것만은 할 수 없다'던 불굴의 의지도 딱 전기세만큼의 금액, '50달러!'로 수락된다.

이렇게 러브레터를 대필하고 교환하던 중 앨리와 폴과 에스터는 사랑의 막대기를 폴과 에스터로 기울게 하려고 애쓰지만 영혼을 넘나드는 감정을 교류하게 된다. 일반적으로 어떤 일을 추진하는 동안 함께하는 시간이 많아지면 상대에 대해 깊이 알게 되는 계기들이 발생한다. 결국 영혼을 나누고 감정의 깊이를 이해하고 공감하는 이들에게 사랑의 막대기는 애초 원했던 상대가 아니라 서로 다른 곳으로 감정의 추들이 움직이게 된다.

앨리와 폴은 에스터에게 보낼 러브레터와 답장을 준비하는 과정에서 서로의 가정환경과 서로가 원하는 것, 잘하는 것이 무엇인지 알게 되고 서로의 고민을 치열하게 고민하기도 한다. 그러나 정작 러브레터의 당사자인 에스터는 대필을 해 주는 앨리와 또 다른 세계에서 서로를 이해하고 감정을 교류하며 서로를 지지한다. 이들이 본래의 목표를 달성하려던 목적은 시간이 지날수록 딴 곳으로 향하고 있어서 애초에 폴이 사랑이라고 믿었던 반쪽의 사랑은 딴 곳으로 향한다. 폴만 그런가, 세 사람 모두 그렇다.

사랑은 그랬다. 어린 시절의 사랑이든 성인기의 사랑이든 우리가 사랑이라고 믿는 모든 것은 추상이며 관념이었지만, 그래도 보이지 않는 그 무엇이 사랑이라고 믿으며 젊음을 보내고 세월을 보냈다. 손에 잡히지 않아도 사랑은 여전히 아름다워서 사랑하려 하고, 그 사랑이 한여름 밤의 꿈이었을지라도, 이루어질 수 없는 사랑으로 몇 날 며칠을 자리보전하고 누웠을지라도 사랑은 사람의 힘으로 막을 수 없는 철옹성 같은 것이었다. 그 사랑이 완전한 사랑이 아니어도 완전하다고 믿고, 미숙해도 성숙하다고 자기 체면에 빠진 사랑은 세월이 가도 변하지 않는 사랑이라 믿으며 사랑의 도가니에 몸을 던진다. 그러나 어디 그런가? 환상적인 조합으로 이루어진 사람의 반쪽을 만난다는 게 평생 살아도 가당키나 한 일인가?

이런 점을 일찌감치 알아차린 영화의 앨리는 어린 청소년기에 이렇게 말한다.

"사랑은 엉망진창에 끔찍하고 이기적이고 대담한 거예요. 반쪽을 찾는 게 아니라 노력하는 거예요. 그리고 손을 내밀고 실패하는 거예요. 사랑은 괜찮게 그린 그림을 기꺼이 망치는 거예요. 훌륭하게 그릴 기회를 위해서."

영화의 앨과 폴과 에스터는 사랑의 막대기가 추를 겨누며 저울질하는 동안 자신이 원하는 것이 무엇인지 미래를 그려 나가게 되고, 열정을 쏟고 임했던 사업에도 눈을 뜨게 된다. 러브레터는 도구일 뿐 세 사람의 진정한 삶을 찾아가는 아름다운 진행형의 이야기는 영화를 보는 내내 미소를 짓게 한다.

결국 사랑은 그랬다. 젊음과 청춘이 지나버린 갱년의 사람들은 사랑을 추억할 때마다 느끼는 거겠지만 사랑은 그저 과정이었다. 괜찮게 그린 그림을 기꺼이 망치고 또 망치면서도 훌륭하게 그릴 기회를 위해서 기꺼이 노력하는 거였다. 사랑은 그런 거였다.

교감이 부르는
아름다운 사랑과 서러운 이별

        프랑스로 망명했던 러시아 출신의 유대인 작가 이
렌 네미로프스키가 썼다. 전쟁과 박해를 피해 피신했던 한 시골 마
을에서 역사의 현장을 직접 보고 경험한 것을 토대로 구성하고 집
필한 소설, 『스윗 프랑세즈』를 영화화했다. 미셀 윌리엄스, 마티아
스 쇼에나에츠가 주연을 맡았다.

  영화는 패망하는 프랑스 국가가 전쟁의 소용돌이에 어떻게 휘말
렸었는지 프랑스 뷔시 마을 사람들의 모습을 생생하게 그려낸다.
광기로 가득한 독일 점령하의 프랑스, 그 당시의 부끄러운 한 단면
을 복원시킨 이 작품은 전쟁 속에 피어난 비밀스러운 사랑, 다가갈
수도 멈출 수도 없었던 사랑, 왜 신념 앞에서 사랑은 하찮은 것으

로 느껴지는지를 인간 감정의 깊숙한 곳으로부터 드러내 준다.

1940년 독일이 점령한 프랑스 뷔시 마을의 주인공 루실(미셸 윌리엄스)은 아버지의 권유로 2번 만나 본 가스통과 정략결혼을 했다. 그런데 알고 보니 남편은 이미 결혼 전 여자가 있었고 심지어 아이까지 있지만, 전쟁터에 나가서 소식이 감감하다. 루실은 시어머니 마담 앙줄리에와 단둘이 산다. 시어머니는 루실에게 삶의 유일한 탈출구인 피아노를 못 치게 하는 등 자신을 옥죄는 존재다.

독일군이 뷔시 마을에 점령하면서 독일군들은 계급별로 좋은 집에 배정받는데, 루실의 집에는 장교 브루노(마티아스 쇼에나에츠)가 머물게 된다. 불편한 동거를 해야 하는 이들에겐 공통분모가 있다. 브루노와 루실 모두 음악을 좋아한다는 점이다. 브루노는 군인 이전에 작곡가였고, 루실은 음악을 전공했으며 피아노 연주가 삶의 낙이다. 시어머니가 루실에게서 앗아간 피아노 열쇠를 달라고 한 독일 장교 브루노는 집에 머물 때면 알 수 없는 곡을 연주하고, 루실이 피아노를 칠 수 있도록 피아노 열쇠를 자신의 외투 주머니에 넣어 놓고 출근한다.

피아노 연주는 두 사람의 영혼을 연결한다. 사람의 영혼은 생각이나 말 속에서 발견되는 것이 아니라 그 사람의 지속적인 행동에서 드러난다고 했다. 브루노가 루실의 집에 머물면서 어느샌가 두 사람은 영혼이 교감 되고 서로에 대해 알아가기 시작한다.

그러나 이루어질 수 없는 사랑, 특히 이념과 체제가 다른 국가 간의 사람들이 전쟁 중에 서로의 적을 사랑하는 일은 물리적 장애물을 넘어서는 것보다 한층 복잡하다. 둘의 교감은 사랑으로 이어졌고, 마침내 영혼과 육체가 하나가 되는 시점에 다다르지만 마을에 큰 사건이 일어난다.

소작인 브누아가 시장의 집 창고에서 식량을 훔치다가 시장 부인에게 걸리는데 시장 부인은 브누아가 자신에게 총을 겨눴다고 거짓말을 하고 남편에게 처리해 달라고 한다. 시장의 부인에게 총을 겨눴다니, 당연히 독일군들은 브누아를 체포하러 온다. 브누아는 도망을 치려다가 얼떨결에 장교 보네와 마주치고 끝내 보네를 총으로 죽이게 된다. 이제 브누아는 독일 장교를 죽인 살인자가 되었다.

이제부터 영화의 절정이다. 전쟁의 패망과 절망 속에서 피어나던 루셀의 사랑의 영혼이 번쩍 정신을 드는 순간이다. 사랑의 환상에 빠져 동료와 친구들이 죽을 위기에 빠진 것도 몰랐다고 뉘우치는 루셀은 소작인 브누아를 숨겨 주고 파리로 탈출시키는 데 앞장서게 된다. 물론 자신과 사랑에 빠진 브루노는 이 사실을 알고 있지만 모르는 척 루실이 브누아를 숨기고 파리로 갈 수 있도록 통행

증을 끊어준다. 자고로 사람은 누군가 사랑하는 사람이 있다면 홀로 있을 때 생각하지 못했던 대담함이 나오는 법이다.

아련한 사랑이 더 아련해져서 이루어질 수 없는 사랑인 채 미완의 러브 스토리를 낳는 건 마지막 장면이다.

파리로 가는 길에 독일군에게 걸려서 총격전을 벌인 브누아와 루실에게 끝내 안전하도록 도와주는 독일 연인 브루노와 루실의 아리도록 가슴 아픈 눈빛이다.

독일군 두 명을 죽이고 파리로 가야 하는 루실의 겁에 질리고 두려우면서도, 사랑하는 사람과 총을 겨누어야 하는 접전의 심장 소리가 자동차 앞문의 열린 창밖으로 흐르고, 이루어질 수 없는 사랑을 품고 적진의 대척점에서도 친절을 베풀 수밖에 없는 서러운 눈물이 독일 장교 브루노에게서 흐른다.

사랑에 빠지면 두 사람은 서로를 통해 주인공이 되어서 두 사람을 제외한 모든 것들은 조연에 불과하다고 했다. 그것이 친구나 가족일 수도 있고 종교나 정치적 신념일 수도 있지만, 결국 사랑에 목을 매게 된다는 것이다. 모든 사랑은 두 사람이 주인공이 아닐 땐 비틀거리게 된다. 영화에선 사랑의 무대에 주인공은 전쟁이었다. 서로의 적국에 속한 사람을 사랑하는 일. 서로가 사랑에 빠져서 주인공이 되려 했지만, 조연이었던 실체가 그들에겐 감당할 수 없는 주인공이었기에 군인이 아닌 상태로 만나게 되리라는 기약밖에 할 수가 없었다.

겁에 질린 루실이 사랑하는 브루노 곁을 떠나며 눈물로 말한다.
"우린 서로의 감정을 단 한 번도 말하지 못했다.
사랑이라는 한마디조차도.
난 내가 잃은 이들을 잊으려 애썼다.
하지만 그의 음악은 항상 날 다시 그에게 데려간다."

사랑은 사랑으로 치유되고,
사람은 사람으로 치유된다고 하지 않던가?

아무리 오래 살고 죽는 사람이라도 '인생은 이런 것이다.'라고 정답을 내놓는 사람은 어디에도 없다. 평평한 땅에서 네모의 집을 짓고 살아도 인생은 사방팔방이 통로이며 퇴로이다. 그 과정에서 겪는 일들을 통하여 성장과 통찰을 만나고, 그로써 엄마 배 속에서 나온 아기는 어른이 되고 성숙한 인간이 된다. 좌절과 절망을 만나기도 하고, 희망과 기쁨을 노래하기도 하며, 분노와 화해를 경험하기도 한다. 그게 삶이요, 인생이다.

죽음이 눈앞에 다가왔거나 머지않은 사람들은 이렇게 말한다.

"후회 없이 살아라. 즐기며 살아라. 마음 가는 대로 살아라. 사랑하며 살아라…."

모두가 자발적으로 즐겁게 살라는 말이다. 삶에 매이지 말고 누구에게 구속당하지도 말고 스스로 원하는 대로 살라는 얘기다.

그러나 삶이 어디 그런가? 삶은 혼자가 아니다. 삶은 살아내는 것이고 누군가와 살 때 삶이지 혼자 살아간다면 그건 그저 독거일 뿐이다.

살면서 가장 마음고생을 하는 게 있다면 경제적 이유나 건강상의 이유도 있겠지만, 관계의 어려움도 만만치 않다. 경제적 어려움은 열심히 일을 하면 나아진다는 희망이 있고, 건강은 의술의 힘을 믿는 희망이 있다. 그러나 관계의 어려움은 혼자만의 노력으로 희망을 노래하긴 어렵다. 사람과 사람 사이의 관계는 행복과 불행을 가늠하는 척도가 되기도 한다. 그렇다고 해서 관계를 맺지 않고 살아갈 수도 없다.

관계 중에 가장 쉬운 것 같으면서도 무거운 게 있다면 그건 결혼 관계일 것이다. 인륜지대사라고 하는 결혼은 단수의 나를 복수의 우리로 엮는 법적 관계다.

그 무거운 관계를 지속하는 일, 그것이 결혼생활이며 가족이고 가정이다. 사회의 기초집단을 형성하는 가정의 역할은 국가라는 큰 울타리를 구성하는 작은 구성요소들이기에 신성시되어야 마땅하다. 살아 보니 상대가 양아치라든가 사람 구실을 못 하는 사람이 아니라면 특별히 행복한 무언가가 아니더라도 결혼생활은 이어진다.

결혼생활은 부부의 공동 책임과 의무가 수반되는 작은 조직이다. 그 생활에서 갑갑함을 느끼거나 싫증이 나서 자신의 책임을 다하지 않는다거나 믿음을 저버린다면 그 결혼생활은 지속하기가 어렵다. 그로써 그들은 결혼의 법적 형식을 또 다른 법적 형식, 이혼을 통하여 둘의 관계를 끝내게 된다. 성격이 안 맞는다든가 여차저차해서 양자의 합의를 통한 자발적 이혼이라면 그나마 서로에게 설득력이 있다. 그만큼 상처도 가볍다. 그러나 한 쪽이 일방적으로 이혼을 당한다면 그런 청천벽력도 없을 것이다. 더군다나 배우자의 외도에 의한 이혼일 땐 그 배신감과 모멸감, 좌절감은 두고두고 기억되는 상처일 것이다. 앞으로 살아갈 인생에 그것은 트라우마가 된다.

영화 「투스카니의 태양」은 남편의 불륜으로 이혼하자고 해야 하나, 오히려 이혼을 당하는 여성 작가의 삶을 이야기한다. 엎친 데 덮친 격으로 남편의 돈벌이가 시원찮아서 위자료까지 챙겨 주어야 한다. 믿는 사람으로부터의 배신은 좌절을 낳는다. 삶이 허망하고 희망이 없으며 어떻게 살아야 하는지 삶의 방향도 잃게 된다. 사랑이라고 믿었던 모든 것들이 부정당하는 순간 앞으로의 삶이 두려워지는 것이다.

그러나 좌절 뒤엔 극복의 울타리가 있다. 좌절을 극복해야 삶다운 삶이 지속된다. 그 방법이 사람을 통하든 환경을 통하든 어떤 돌파구를 찾아야 하는데 영화에서 주인공 프란시스는 새로운 곳으로의 여행을 택했다.

여행은 현재 처한 환경에서의 해방이다. 그곳으로부터 해방됨으로써 모든 환경은 새로워진다. 만나는 사람, 부딪히는 사람과 사물이 달라지고 문화마저도 달라진다. 좌절을 겪는 사람에게 "시간이 약이다."라는 말도 있지만, 모든 아픔이 시간이 지난다고 해서 치유되는 건 아니다. 사람에게서 받은 상처는 감춘다고 해서, 덮는다고 해서 치유되진 않는다. 오히려 그 상처를 드러내어 환부를 들여다보며 어떤 약을 써야 하는지 어떤 밴드를 붙여야 하는지 자세히 살펴야 한다. 그래야 상처는 오래도록 덧나지 않고 나을 수 있다. 몸에 난 물리적 상처나 마음에 난 심리적 상처나 원리는 다르지 않다.

주인공 프란시스는 우여곡절 끝에 가게 된 이탈리아 여행을 통하여 사람을 만나고 낯선 환경을 만나고 다른 문화를 몸소 체험했다. 그녀의 삶에 반전을 일으키는 건 낡은 고택을 사서 수리를 하고 아름다운 집으로 다시 태어나게 할 때까지의 과정에서 일어나는 일들이다.

그 과정에서 그녀는 앞으로의 삶에서 찾고 싶은 것은 무엇인지,

어떤 삶을 살고 싶은지, 정작 자신이 원하는 것이 무엇인지를 찾아냈으며, 삶은 그녀가 원하는 것을 찾을 수 있도록 돌아갔다. 그럼으로써 삶이 두려웠던 그녀에게 새 삶이 열리고, 불행하다고 느낀 삶도 행복을 향해 문이 열렸다. 그렇게 되기까지 그녀의 모든 여정엔 사랑과 사람이 있었다. 그래서 사랑은 사랑으로 치유되고, 사람은 사람으로 치유된다고 하지 않던가.

다음은 주인공 프란시스의 마지막 독백이다.

"알프스에 비엔나와 베니스를 잇는 철도를 놓았다고 한다. 기차가 다니기도 전에 미리 만들어 놓은 것이다. 언젠가 기차가 올 줄 알았으므로….
뜻밖의 일은 항상 생긴다. 그로 인해 다른 길을 가고 내가 달라진다. 사면의 벽이 왜 필요한가? 그 안에 담긴 것이 중요하다. 이 집은 꿈꾸는 자의 안식처이다. 생각지도 못한 좋은 일이 일어날 수도 있다. 다 끝났다고 생각했을 때에도. 그래서 더욱 놀랍다."

나는 어떻게
우울한 감정에 대처하는가?

　　　　우울은 인간의 원초적 본능이다. 그 원초적 본능
이 작동하게 되면 슬픔과 상실감으로 서럽고 침체된 기분이 지속
된다. 눈물을 흘리며 울기도 할 것이며, 그런 상태가 지속되고 심
하게 되면 자신이 무가치하고 인생이 허무하다는 느낌마저 들 것이
다. 그뿐인가, 미래가 암담하여 절망감이 밀려들기도 할 것이다.

　우울이 인간의 원초적 본능이어도 그것이 발현되는 계기는 여러
가지일 것이다. 유전적 요인도 있을 것이며, 환경적으로 어떤 계기
가 있었거나 신체적 질병으로 인한 불안과 무기력으로 인한 요인도
있을 것이다. 생의 시작부터 끝까지 우울이라는 본능이 발현되지
않고 산다면야 세상이 온갖 복사꽃으로 가득하겠지만 우울이 발

현될 땐 그 아름답던 복사꽃은 어디에도 없다.

우울이 염려스러운 건 그로 인한 파괴성이다. 한 집안에 우울한 사람이 있다면 그 사람으로 인해 가정 분위기는 늘 어둡고 칙칙하다. 좋은 일이 있어도 우울한 사람의 기운은 다른 가족 구성원들의 모든 기운을 부정적 기운으로 빨아들인다. 웃고 떠들고 신나야 할 가족이라는 집단은 어둠의 동굴에서 살아가는 기분이다. 건강도 해치게 되고 심할 땐 최후의 선택을 하기도 한다. 그렇다고 해서 우울이 외면하거나 회피한다고 해서 물러가는 것은 아니다. 원초적 본능이기에 언제 어디서든 도사리고 있다가 불시에 나타나기도 한다.

그렇다면 우리는 어떻게 우울한 감정을 다스리고 극복할 것인가? 어쨌거나 우리는 우울이라는 늪을 건너야만 제대로 된 삶, 살만한 삶을 살 수 있지 않겠는가?

어떤 감정이든 그것을 극복하기 위해 가장 먼저 해야 할 일은 그 감정을 인식하는 일이다. 자신을 엄습하고 있는 무거운 감정이 어디서부터 시작된 것인지를 알아야 그런 감정을 어떻게 극복할 것인지도 고민할 수 있다.

나르시시즘이나 자기 합리화, 과도한 SNS 과시 등 외부의 피상적 도구를 이용하여 우울의 감정을 회피하는 사례들도 있으나 그런 방법은 만성적 피부 트러블을 피부과 치료만으로 나아지려는 임시방편밖에 되지 않는다. 지속적으로 피부에 문제가 일어나고 있다면 식생활부터 운동, 생활습관 등 자신의 모든 환경적 요인까지 살펴보아야 하는데도 말이다. 눈앞에 보이는 곳만 빙하가 아니고 수면 아래 빙하의 뿌리도 여전히 빙하인 것과 같은 이치다.

영화 「펭귄 블룸」은 가족들이 직면한 우울을 현명하게 극복하는 과정에 관한 영화다. 가족 중의 엄마가 뜻하지 않은 사고로 불구가 됨으로써 온 가족은 우울의 도가니에 갇혀 지내게 되지만, 우연히 집에 들인 야생 조류(펭귄 블룸)를 통하여 가족은 다시 웃음을 찾고 즐거운 일상을 회복하게 된다.

이들 가족도 그랬다. 애초에 사고가 일어나고 불구가 된 엄마 자신이나 엄마를 바라보는 가족들 모두 어디가 어떻게 잘못된 것인지 인식하지 못했을 땐 일상이 분노와 불안으로 초조했다. 그 분노로 인한 우울과 그로 인한 파괴는 가족의 웃음을 빼앗았을 뿐만 아니라 삶은 적막해서 내일의 희망이라곤 없는 사람들처럼 보였다. 그러나 그들이 야생 조류(펭귄 블룸)를 돌봐주는 행위를 통해 연결된 감정의 끈은 그들을 둘러쌌던 우울의 원인이 무엇인지 인식하게 되었으며, 그것을 극복하는 계기도 되었다. 야생조류(펭귄 블룸)가 가족의 감정 교류를 돕는 가교 역할을 한 것이다.

코로나 펜데믹 이후 우울증을 앓았다는 사람들이 많았다. 나도 그 당시엔 바깥 생활을 못 하고 갇혀 지내다 보니 우울이 가슴 한 가득 들어차서 삶이 버겁고 힘겨웠다. 이제 모두 지난 일이긴 하지만 그 당시 우울의 파괴성은 무기력, 무관심으로 발전하여 모든 생활이 '재미없다.'가 입에 붙었었다. 그런데 꾸준한 운동으로 컨디션이 좋아지면서 텐션도 올라가고, 하루하루 지내는 일이 나아지곤 했다. 매일 매일 자기계발서를 읽는 일도 꽤 도움을 받았는데, 자기계발서는 읽는 행위 자체가 무언가 해보자는 암시다. 그 암시적 글귀를 읽어 나가다 보면 무언가 희망이 보이는 듯하고 무언가 잘 해낼 수 있을 것 같은 자신감마저도 솟아나는 듯했다.

여기서 중요한 건 무언가를 하고자 하는 '행동(Do)'일 것이다. 영화 속의 불구가 된 엄마가 또 다른 인생을 살고자 카약에 도전한 것처럼, 내가 매일 하는 운동을 통해 차츰 변하는 몸과 컨디션으로 희망을 노래한 것처럼 인간의 본능일 수밖에 없는 우울의 감정에 무언가를 해서 자극이 되고 삶이 전환되는 것 말이다.

그렇다면 결론은 무엇일까?
우울한 감정이 엄습할 때 우리가 스스로 할 수 있는 일.
바깥바람을 쏘이며 걷거나 노래를 하거나 등산을 하거나, 사람을 만나거나….

중증의 우울증을 제외한다면 대부분 우울의 감정엔 움직이는 행동이 처방이라는 사실이다. '움직이는 것'은 우울한 감정을 벗어나는 데 신의 한 수라는 말이다. 모든 사람을 일반화할 수는 없지만, 영화는 그랬고 나도 그랬다.

삶은 예술이다

예술은 삶을 모방하고 삶은 예술을 모방한다고 했다. 그로써 예술은 사람들이 사는 방식이 되고, 사람들이 사는 방식은 예술이 되어 또다시 삶이 된다.

과거 우리 사회에서 예술이라고 하면 음악이나 뮤지컬이나 연극이나 그림이나 글이나 춤이나 창작이 필요한 분야를 국한하여 말했다면 현대 사회의 예술은 경계가 없다. 침대는 과학이라고 창의성을 말하면 가구도 예술이고, 유명 디자이너가 만든 옷도 예술이면서 운동화를 신는 것의 기능에서 창의적 색채와 디자인을 가미하면 그것도 예술이다. 그릇을 굽는 도예도 예술이요, 심지어 자전거나 자동차를 디자인하는 것조차도 예술이면서 현대 사회의 주류를 이루는 디지털 영역은 예술이 된 지 오래다. 이제 우리 삶 대부분의 영역은 예술의 부분집합이다.

예술의 힘은 위대하다. 그저 사물에 불과했던 그 어떤 것이 예술로 승화하면 작품이 되고, 그것이 전하는 메시지가 크다면 그것은 걸작이 되어 자본이 기웃거리는 '귀한 상품'이 되기도 한다. 가치가 값으로 매겨지는 순간 자본은 어떤 누군가에게서 다른 누군가에게로 대거 이동한다.

예술이 자본을 추종하는 것 같지만, 대거 이동의 궁극적 목적지에선 자본이 예술을 추종한다.

영화 「포드 VS 페라리」는 자본주의 국가의 대명사, 유럽과 미국이 자존심을 걸고 싸우는 자동차 레이싱 영화다.

장인으로 유명한 이탈리아의 페라리와 자본으로 유명한 미국의 포드사가 서로가 잘났다고 상대의 자존심을 건드리면서 총과 칼 대신 카 레이싱으로 힘겨루기를 한다. 카 레이싱으로 힘겨루기만 한다면 영화가 주는 메시지는 '경쟁, 승리, 투지, 자존심, 힘겨루기' 정도의 키워드로 정리될 것이다. 그러나 이런 메시지로 관객의 호응을 사거나 감명을 줄 순 없다. 영화가 예술로 기능하면서 가치를 더 하려면 인간 감성에 끼치는 감흥이 있어야 한다.

더욱이나 골드스타 크리스천 베일과 맷 데이먼이 주연인 영화에서 자본의 고래 싸움에서 새우 등 터지는 역할을 했을 리는 만무하다. 포드와 페라리라는 고래 자본이 자존심 대결을 하는 동안 그들이 열연해야 하는 역할은 따로 있다. 인간 본성과 휴머니즘, 그들의 타고난 눈빛이 말하는 대로 그들은 그러한 역할을 해야 어울리고, 관객은 그들의 눈빛 연기를 보려고 이 영화를 볼 것이다. 그래야 예술을 보는 것이다.

아니나 다를까 영화에서 그들이 맡은 역할은 관객의 기대를 저버리지 않았다. 포드와 페라리의 카 레이싱이 자본가의 자존심에서 시작되었지만, 두 주인공은 돈으로는 결코 살 수 없는 인간 행동의 위대함과 우정을 열연했다. 인간은 결코 컨베이어 벨트를 따라 움직이는 톱니바퀴가 아니라 심장이 뛰고 타인과 소통하며 사랑하는 뜨거운 존재라는 것을 보여 준 것이다. 그로써 영화는 유럽과 미국의 힘겨루기를 인간 본성과 가치, 휴머니즘, 철학으로 관객에게 다가간다. 이러한 전개가 없다면 영화는 예술의 기능을 할 수 없었을 것이다.

실화를 바탕으로 한 영화가 예술로서 가치를 갖는 건 당연하다. 실화가 영화로 제작되었다는 건 영화의 실제 인물이 영화에서 맡은 연기자들의 연기처럼 그런 사람이었기 때문이다. 삶에서 보여 준 그들의 본성과 철학과 역사가 미래 세대의 사람들에게 선한 영향력을 끼친 것이다.

그러므로 자본이 들끓는 환경 속에서도 인간적 가치와 역사적 의미를 실행한 사람들은 60년대의 자본주의 삶 속에도 여전히 존재했다는 것이다. 그리하여 예술이 삶을 모방했지만 삶은 또다시 이러한 예술을 모방하며 인간이 추구하는 가치와 우정, 본성을 확인하고 확장한다.

예술의 위대함이요, 인간 본성의 위대함이고 인간 삶의 위대함이다.

나는 아무 보상이 없어도
무언가에 미칠 수 있는가?

책 『데미안』에 나오는 이 문장은 성장을 위해선 변화가 필요함을 강조하는 구절이다.

"새는 알에서 나오려고 투쟁한다. 알은 세계이다. 태어나려는 자는
하나의 세계를 깨뜨려야 한다."

혼자 알에서 나올 수도 있지만, 그러다가 왕창 알껍데기를 깨뜨리면 새가 될 수 없다. 그래서 줄탁동시(啐啄同時)가 필요하다. 새가 밖으로 나오려고 껍데기 속에서 꿈틀대며 부리로 톡톡 치면 초조하게 예쁜 새끼가 나오기를 기다리는 어미 새는 새끼 새가 알을 잘 깨고 나올 수 있도록 조금 쪼아 주어야 한다. 그럴 때 알은 진정한

새가 될 수 있다. 그러나 알에서 깨어났어도 아직 아기 새다. 아직 높이 날 수 없으며, 날개와 몸통, 다리에 살이 붙고 근육이 붙어야 한다. 그래야 높은 하늘을 자유자재로 날며 새로서 자유로울 수 있다. 하늘 높이 비상하여 원하는 세상과 만나려면 세상의 풍파와 맞서서 참고 견디며 자신만의 세계를 구축하여야 한다. 아기 새에게도 고진감래(苦盡甘來)의 시간이 주어진다.

영화「호밀밭의 반항아」는 "줄탁동시"와 "고진감래"의 사자성어를 생각게 한다. 고전 문학으로 명성을 떨쳤던 책『호밀밭의 파수꾼』의 저자 J.D 샐린저의 전기를 영화화했다. 소설가를 꿈꾸던 작가 샐린저는 자유로운 영혼의 소유자였다. 학교도 그에게 맞지 않았고 무엇 하나 제대로 하는 게 없다고 아버지에게 볼멘소리를 들었다. 그럼에도 불구하고 그를 인정하고 지지했던 건 그의 어머니였다.

세상엔 자식이 하고자 하는 일에 무조건적 지지와 응원을 보내는 부모가 있기도 하지만, 그렇지 않은 부모도 있다. 먹고사는 문제는 예술활동과 상극에 있다는 걸 부모들은 오래전부터 보아 왔다. 그러나 샐린저의 어머니는 먹고사는 것과 창작 활동을 흔들리는 인생의 시소 위에 올리지 않았다. 자식의 재능을 인정했기에 무조건 잘하리라는 지지밖에 없었다. 이러한 전폭적 지지에 더하여 사랑하는 여인이 글 쓰는 작가들을 좋아하고 더욱이 샐린저의 글을 훌륭하다고 칭찬까지 하니, 작가의 길을 가려는 자의 타오르는 심장에 기름을 붓는 격이었다. 그뿐인가 창작 대학에서 만난 담당 교수는 샐린저가 알에서 깨어나도록 계속 자극을 준다. 어머니, 연인, 교수 모두에서 즐탁동시다.

"아무것도 보상받지 못할지라도 평생을 글 쓰는 데에 바칠 수 있는가?"라는 교수의 질문은 작가 샐린저가 단편에서 장편으로 더 나아가 장편에서 평생을 글 쓰는 데 바칠 수 있도록 긴 세월의 모든 시간과 공간에서 화두였던 과제였다.

모든 창작 활동이 그렇지만 글쓰기는 어렵다. 말을 잘하는 사람도 글을 쓰라고 하면 유창한 말처럼 글이 나오기 어렵고, 평소 글을 쓴다는 사람도 쓰기 위해 앉으면 주제 잡기, 맥락 잡기, 논리 펼치기 등으로 고민하는 시간이 글을 쓰는 시간의 절반 이상이다. 그런 고민이 해결되었을 때 물 흐르듯 써지는 게 글쓰기이기도 하지만 글쓰기는 미술이나 음악처럼 겉으로 드러나는 화려함도 아니어서 엉덩이를 얼마나 오랫동안 진득하게 붙이고 앉아 있느냐에 따라 결과물이 조금씩 나오기도 한다. 시간도 많이 할애해야 하고, 작가만의 세계에서 상념이나 잡다한 걱정거리들이 멘탈을 흔드는 순간엔 집중할 수도 없다. 무엇보다 많은 사람이 우려하는 것처럼 '먹고사는 것'에 대한 문제는 창작활동에 온전히 집중할 수 없는 가장 큰 갈등 요소이다. 그래서 많은 사람이 부업이든 아르바이트든 기초적 생계를 해결하면서 글을 쓰기도 하고, 어떤 사람들은 중도에 글쓰기를 포기하는 사람들도 있다.

영화의 작가 샐린저처럼 아버지가 베이컨 왕인 집안의 아들인 경우야 창작 활동의 시간이 10년이든 20년이든 평생을 바쳐도 먹고 사는 것에 대한 문제가 없었겠지만, 부모나 가족의 경제적 후원이 없는 이상 창작 활동과 먹고사는 것의 문제는 인생의 흔들리는 시소 위에 올려질 수밖에 없다. 영화의 샐린저가 유복한 집안의 자녀였다는 점은 평생을 글쓰기에 전념할 수 있게 도와준 기폭제였을 수도 있다. 부가 순환을 이루며 성취를 부른 경우라고 할 것이다.

그러나 고진감래의 측면에선 작가 샐린저가 얼마나 오래도록 글쓰기에 전념했는지를 인정하지 않을 수가 없다. 담당 교수가 수많은 출판의 거절을 했음에도 쓰고 또 썼으며, 전쟁터에서도 작은 종잇조각에 쓰면서 전쟁의 악몽과 고통을 잊으려 했고, 참혹한 전쟁터에서의 트라우마로 정신병원에 입원했을 때조차도 글쓰기를 멈추지 않았다. 결혼하여 아이를 낳고 가족을 구성했을 때도 쓰는 일에만 몰두하여 남편과 아버지의 역할이 무엇인지도 모를 정도였으니 아마 작가는 글쓰기에 '미쳤다.'라는 표현이 가장 적절할 것이다. 그렇게 미쳤던 순간들의 마지막 결정체가 그 유명한 책, 『호밀밭의 파수꾼』이다.

그러한 결정체를 이루기까지 작가의 생활은 거의 폐인이라고 해도 과언이 아닐 것이다. 그런 폐인을 작가 자신이 응시하자 그는 자신이 왜 글쓰기로 폐인이 되어 가고 있는지를 깨닫는다. '출판'이다. 출판에 대한 압박감으로 인해 작가는 가족을 어떻게 돌봐야 하는지도 모르고, 인간의 사회적 역할이 무엇인지도 모르면서 그저 기계처럼 출판을 위한 글쓰기에 쫓기고 있었다는 걸 알게 된다. 마침내 글쓰기는 샐린저에게 종교가 되었다. 종교가 되어 버린 글쓰기가 '출판'이라는 세속의 짐을 짊어진 순간 '글쓰기'는 쓰는 것의 목적이 아니라 출판을 위한 수단이 되어 버렸다는 걸 알게 된 것이다. 마침내 순수의 글쓰기에 도달했을 때 그는 세상과 단절하고 글쓰기에만 몰두하면서 담당 교수의 질문에 대한 답장을 보낸다.

"더 이상 출판을 하지 않겠습니다."
"아무 보상이 없어도 글쓰기에 전념할 수 있다면 행복해 질 거 같아요. 평생을 글쓰기에 바치겠습니다."

걸작은 이렇게 탄생했다.

특별함이 주는 쓴맛!

욕망은 인간의 본질적 감정이다. 그래서 욕망은 갖지 말라고 해도 가질 수밖에 없으며, 스스로 제어할 수도 있으나 자칫하면 제어할 수도 없는 때도 있다.

무언가를 갈구하는 욕망이 있다면 반드시 그 욕망을 실현하려 할 것이다. 그래야 그 욕망은 실현의 순간에 그것이 자신의 것이었는지 타인의 것이었는지를 확인할 수 있을 것이며, 만약 그 실현의 순간에 허무함이 느껴진다면 과거 그가 원했던 욕망은 불행히도 타인의 욕망을 반복한 것에 지나지 않는다는 것을 알게 될 것이다.

그러나 욕망을 실현하는 과정에서 주변의 다른 나무들을 파괴하는 아카시아 나무처럼 되지는 말아야 하는 것은 인지상정이다. 파괴를 불러오는 욕망은 생명력이 강하고 뿌리가 깊어서 우리의 마음속에 다른 수많은 감정을 제대로 자라나지 못하게 할 뿐만 아니라 타인을 해롭게 하는 비윤리적 인간으로 변모시키는 위험을 불러오기도 한다.

욕망이 야망과 다른 것은 결핍의 여부에 달려 있다. 욕망을 일으키는 동인은 결핍이다. 야망은 '갖는다.'라고 표현하고 욕망은 '사로잡힌다.'라고 표현하는 이유도 야망이 자발적 동인에서 비롯된다면 욕망은 피상적 동인에서 시작되는 경우가 대부분이기 때문이다.

어린 시절 겪었던 결핍은 트라우마처럼 남아서 그 결핍을 보상받고 누리려는 욕망에 사로잡히기 쉽다. 그렇다고 해서 결핍이라는 것이 욕망의 감정을 불러일으키긴 하지만 모두가 '사로잡힌다'는 어감만큼이나 부정적 결과를 만들어 내는 건 아니다. 결핍이 동인이 되어 사회적으로나 윤리적으로 바람직한 인간으로 변화되는 경우도 부지기수이다.

문제는 파괴적 욕망이다. 결핍이 동인이 되었지만, 인간이 살아가는 사회에서 윤리성이나 도덕성을 무시하고라도 '가지려 하고 취하고' 싶어 하는 야심에 찬 욕망은 결국 자신과 타인을 갉아먹는 좀비처럼 사회악을 불러일으키기가 십상이다. 그렇게 제어되지 않는 결핍의 보상은 그것이 실현되었을 때 '보람과 행복'보다는 '허무함과 허기짐'이 더 큰 결과로 다가올 것이다.

태국 영화 「HUNGER」는 부를 갈망하다 못해 집착하며 허기(hunger)를 불러오는 폴과 특별한 사람이 되고 싶지만 사랑이 담긴 요리를 만들고 싶었던 오이. 두 천재 셰프의 이야기를 결핍을 보상받고자 하는 욕망의 감정으로 다루었다. 한 사람은 다른 나무를 파괴하는 아카시아 같은 욕망의 실현으로, 다른 한 사람은 그 파괴가 불러오는 허기(hunger)에서 허기(hunger)를 느끼는 모습을 담았다. 결핍의 허기(hunger)에서 시작된 욕망의 실현이 두 사람 모두 허기(hunger)로 끝나지만, 그 허기(hunger)를 채우려 욕망을 실현하는 과정은 서로 다르다.

욕망의 실현 과정에서 어떤 가치관이 함께 삶의 롤러코스터를 타느냐에 따라 인생이 다르게 흐르는 것처럼 삶에서 놓치지 말아야 하는 끈, 선의적 가치관의 끈은 죽을 때까지 놓지 말아야 한다고 영화는 말한다.

"앞으로 넌 많은 걸 잃게 될 거다. 이제 네게서 떠나지 않을 생각은 이거야."

'언제 난 추락하게 될까?'
'내가 너무 늦었나?'
'난 이제 과거형인가?'

“뭘 잃었는지도 모르고, 성공에만 집착하게 될 거야.”

“이게 특별함이 주는 쓴맛이다.”

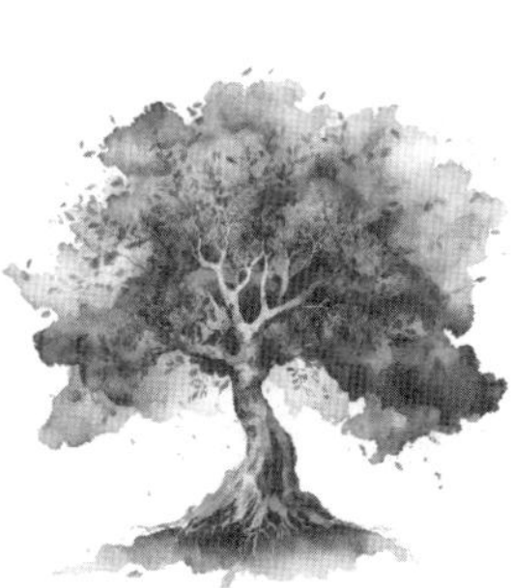

상실은 아프지만 기억하는 삶에서
그들은 앞으로 나아갈 수 있었다

상실의 아픔과 고통은 상처가 깊어서 환부를 도려 내거나 약물을 투여한다고 해서 좀처럼 치료되지 않는다. 특히나 그 상실이 가족인 경우는 더 그러한데, 가족 중에서도 어린 시절 부모를 상실하는 사건은 일생일대의 비극을 한꺼번에 다 짊어진 경우라고 하겠다.

부모는 자녀가 성장할 때까지 세상의 이치를 알려 주고 세상이 어떻다는 것을 알려 주는 기초적 집단의 양육자이자 교육자이다. 양육의 환경이 어떠했는가에 따라 자녀는 세상과 만나는 현상과 사물에 대하여 적응하고 대응하는 방식이 달라지고, 부모로부터 받는 교육은 자녀가 사회의 일원으로서 살아가는 데 성장의 밑거

름으로 작용한다. 세상이 돌아가는 현상에 대하여 대응하는 힘을 길러 주는 것이다. 가정교육이 학교교육에 우선하여 중요한 이유는 가정은 모든 구성원의 기초적 뿌리이기 때문이다.

그래서 부모는 양육이나 교육을 위해서만이 아니라 자녀의 든든한 버팀목으로서 기능하여야 하고, 자녀가 성장하는 과정에서 부딪히는 문제들에 대하여 상담자의 역할을 하기 위해서도 기능하여야 한다. 그 기능을 위하여 강건한 몸과 마음으로 존재해야 하는 건 부모의 의무다. 그러나 세상일이 어디 뜻대로만 일어나는가? 어떤 부모는 피치 못할 질병으로 어린 자녀와 작별하기도 하고, 예기치 않은 사고로 자녀와 이별하기도 한다.

운명이라고밖에 할 수 없는 상황들에서 그런 운명은 자녀의 성장 과정을 예기치 않은 방향으로 이끌게 된다. 양육이 채 마쳐지지 않은 어린아이는 주거든 교육이든 어떤 환경에서든 여타 건강한 가정에서 보살핌을 받았을 혜택을 받을 수가 없다.

청춘의 꿈을 꾼다는 것도, 욕망을 채우고 싶은 욕구도 저지당할 수밖에 없으며 자신의 기량을 펼칠 기회를 얻는 것도 쉽지 않다. 세상의 기회는 준비된 자에게 온다고 하지만 그것도 제대로 된 환경에서의 기회일 뿐, 삶의 운이 제대로 작동되지 않는다면 아무리 재능을 타고났어도 자신의 재능을 발휘하기 어렵다.

영화 「우리들의 아름다운 노래(뷰티풀 라이프)」는 어린 시절 부모를 상실한 사람들이 자신들의 재능을 살려낸 주인공을 소재로 했다. 독보적인 음색과 감동적인 '떼창'으로 유명한 덴마크 가수 크리스토퍼가 주연인데, 주연으로 나온 앨리엇과 그와 사랑에 빠진 릴리도 어린 시절 상실을 경험했다. 앨리엇은 어린 시절 부모가 모두 풍랑으로 세상에서 사라졌고, 릴리는 아버지의 자살을 현장에서 목격한 트라우마를 갖고 있다.

가수가 주인공인 영화에서 스토리는 음악 중심으로 흐른다는 건 안 봐도 콩떡이다. 둘은 모두 대성하는 뮤지션으로 거듭난다. 스포일러를 최대한 자제하고 조금만 힌트를 준다면 여기서 릴리는 음악 프로듀서이다. 어린 시절 부모의 상실로 세상살이가 척박했던 앨리엇이 어떤 경로로 어떻게 자신의 재능을 살려서 대성하는 기회가 있었는지는 두 주인공이 하는 일만 보아도 대충 눈대중으로 나온다.

그렇다면 어떻게 척박한 환경의 앨리엇과 음악 프로듀서 릴리는 서로 사랑하는 사이가 되었을까? 그건 공감의 영역과 깊이이다. 부모의 상실과 아버지의 상실로부터 받은 아픔과 고통은 경험해 본 사람들만이 공감할 수 있는 영역이다. 부모가 멀쩡히 살아 있는 어린 자녀에게 부모의 상실이 어떤 느낌인지 어떤 고통인지를 설명하는 게 어려운 것처럼 모든 공감은 같은 영역에 있어 봐야 같은 깊이로 느낄 수 있다. 이런 면에서 앨리엇과 릴리는 서로가 서로에게 나눌 이야기가 많았다.

같은 상처로 아픈 사람들만이 나눌 수 있는 환부에 관한 그들의 공감과 이해는 그들을 사랑으로 이끌었다. 상처와 환부의 충분한 이야기를 나눈 후 그들은 또다시 과거의 상처를 지닌 채 살아가는 내 안의 어린아이에서 어른으로 성장하는 부모로 나아갈 수 있었다. 상실은 아프지만 기억하는 삶에서 그들은 앞으로 나아갈 수 있었다.

나의 생존과 의지는 어디가 경계일까?

"유치가 다 빠진 거로 봐서 12살로 추정됩니다."

레바논의 베이루트 빈민가, 난민의 가혹한 삶에 시달리고 마음의 상처를 입으며 사는 12살 소년, 자인이 있다. 자인은 집안의 생계를 위해 매일 아침 몇 명인지 모를 동생들을 데리고 일한다. 자인에게 삶은 매일이 투쟁이다. 부모는 욕설과 폭행이 일상이고 아이들을 학교에 보내지도 않는다. 한낮에도 잠을 자거나 담배를 피우며 무기력한 삶을 살아가고 있다. 그럼에도 자인은 덤덤하고 묵묵하게 가족들을 챙긴다. 어릴 때부터 모진 세상과 부딪히다 보니 나이답지 않게 어른스럽고 거칠다.

자인이 가장 아끼는 여동생 사하르가 있는데, 둘은 서로를 의지하며 위로받는 애틋한 남매다. 어느 날 아침 자인은 사하르가 간밤에 자다가 묻힌 초경혈을 발견한다. 사하르가 임신이 가능한 몸이 된 것이다. 자인은 사하르에게 아무에게도 생리를 시작했다는 말을 하지 말고 들키지 말라고 신신당부하고 자신의 옷을 벗어 생리대를 만들어 준다. 부모님이 이 사실을 알게 되면 여동생을 누군가에게 팔아넘긴다는 걸 알고 있다.

아니나 다를까 자인의 불안은 현실이 되었다. 그의 부모는 월세를 내기 위해 집주인 아사드에게 사하르를 결혼시킨다.

11살의 딸을 팔아넘긴 부모에게 환멸을 느낀 자인은 결국 집을 떠난다.

가출한 자인이 놀이동산에서 일하겠다고 찾아가지만, 미성년자라는 이유로 퇴짜를 맞는다. 여기서 청소부 라힐을 만나게 되는데, 그녀는 에티오피아 외국인 노동자로 부잣집에서 일하다가 그 집 경비원과 사랑에 빠져 임신까지 하게 되었다. 체류증이 없는 자신과 아기가 추방될까 봐 그 집에서 달아나 출산한 아기 요나스와 함께 가짜 체류증으로 불안한 삶을 살아가는 중이다.

라힐은 소년 자인을 데려와 함께 살게 된다. 아기 요나스를 돌봐달라고 맡기며 자인을 가족으로 받아들이고 자인은 요나스를 정성스럽게 돌본다. 우유를 먹이고, 자장가를 불러주고, 냄비를 악기 삼아 음악을 연주해 주기도 한다. 집에서 동생들을 돌보던 자인은 아기 요나스를 자기 동생 돌보듯 한다.

어느 날 라힐이 불법체류자로 구치소에 수감되어 오랫동안 집에 돌아오지 못하는데, 분유가 없어서 옆집 아기가 먹고 있는 젖병을 뺏어다가 요나스에게 먹이고, 돈이 되는 건 무엇이든 하며 아기 요나스를 돌본다. 오랜 시간이 흐르자 자인은 요나스를 돌보며 라힐을 찾는 일과 생계를 유지하는 데 한계를 느끼고 좌절한다. 아기 요나스를 입양 브로커에게 넘기고 자신은 새로운 삶을 살고자 한다. 새로운 삶을 살기 위해 신분증이 필요해서 집으로 돌아갔더니 집에선 자인에게는 신분증이 없으며, 출생증명서도 없다고 한다. 살아 있어도 존재를 증명할 서류가 없다. 이때 자인은 11살 여동생 사하르가 출산하다 죽었다는 사실도 알게 된다. 분노가 치민 자인은 칼을 들고 가 여동생과 결혼한 아사드를 찌른다. 자인은 법정에 서게 되고 감옥 생활을 하게 된다. 이때 불법 체류로 감옥에 갇힌 라힐과 만나고 훗날 라힐은 아기 요나스를 찾게 된다.

감옥 생활을 하던 중 자인은 다시 충격적인 사실을 접하게 된다. 자기 엄마가 또 아기를 가졌다는 것이다. 면회를 온 엄마가 한 "신이 잃어버린 것만큼 돌려준다."라는 말, 사하르가 죽은 대신 아기를 또 주셨다는 그 말에선 분노가 치밀어 결국 부모를 TV 방송에 고소하기에 이른다.

"사는 게 개똥 같아요. 내 신발보다 더러워요.
나를 세상에 태어나게 한 부모를 고소합니다!"

개인의 힘으론 해결이 안 되는 문제를 부모를 고소함으로써 사회에 알리고 도움을 요청한다. 자인의 변호사인 나딘은 자인의 이야기를 통해 아동학대 문제를 세상에 알린다.

나는 난민이라는 입장과 사회구조적 환경이 복합적으로 엮여 있는 이 영화를 부모 교육의 입장에서 무게 중심을 두고 보았다. 요나스의 엄마 라힐이 불법체류자로 구치소에 수감되어 오랫동안 집에 돌아오지 못하고 있을 때, 돈이 없는 자인은 요나스와 함께 장사를 하는데 처방전을 위조해 받은 진통제를 바닷물과 섞어 만든 음료를 팔고, 먹을 것이 없으면 요나스와 얼린 설탕물로 허기를 채우기도 한다. 집에 있던 물건을 팔아 생계를 유지하는 자인을 자꾸 따라오는 요나스의 발목에 밧줄을 묶어두기도 한다. 이러한 행동은 모두 집에서 엄마로부터 배운 것이다. 생활고를 견디다 못한 자인이 입양 브로커 아스프로에게 요나스를 팔아넘기는 행동도 자신의 부모가 생활고를 견디지 못해 사하르를 조혼으로 팔아넘기는 장면과 다르지 않다. 부모가 했던 행동들을 자인은 그대로 답습한다.

부모든 자인이든 난민의 암흑세계에서 탈출하고자 했으나 행동과 결과만을 놓고 봤을 때 정의롭고 최선을 다했던 자인과 폭력적이고 무책임했던 그의 부모는 마지막 생존의 방법에선 크게 다르지 않았다. 성적 쾌락이 번식의 동인이라는 사실보다 모든 생명이 신의 뜻이라는 그들 부모의 믿음은 낳기만 하고 양육은 등한시하게 되었고, 난민이라는 환경과 사회구조에서 개인 의지의 수위가 어떻게 자녀에게 대물림되는지를 보여 주고 있다.

"아이는 부모의 등을 보고 자란다."라는 말은 세계 모든 인간의 유전자를 통틀어 눈물샘을 자극한다.

존엄의 성(城)에 깃발은
어떻게 꽂히는가?

"깃발이 높이 휘날리면 그곳엔 여러분들의 성(The Castle)이 존재한다. 이 성과 다른 성들의 유일한 차이는 다른 성들이 다른 사람들을 들어오지 못하게 막지만, 이 성은 이곳 사람들을 나가지 못하게 한다!"

대통령의 명령을 어기고 작전을 수행하였다가 부하 장병 8명을 죽음에 이르게 한 삼성 장군 유진 어윈이 미국 트루먼 형무소에 수감된다. 그의 마지막 꿈은 수감 생활을 무사히 마치고 고향으로 돌아가 그동안 소홀했던 아버지의 역할과 할아버지의 역할을 하는 것이다. 그러나 그 꿈은 형무소에 수감되는 첫날 윈터 교도소장을 만나면서부터 어긋나기 시작한다.

교도소장 윈터 대령은 전쟁터에서의 실전 경험이 없는 사람이다. 상대적 빈곤감의 대리 만족이랄까, 전쟁 유품을 수집하는 게 취미였던 그는 그 날도 어윈 장군의 저서에 사인을 받겠다고 장군을 집무실에 초대했으나 어윈 장군은 교도소장 윈터 대령의 전쟁유품 수집 전시장을 보고 "전쟁에 참전하지 못했던 열등감의 표출."이라고 말하는데 아뿔싸! 이 말을 윈터 대령이 들었다. 어윈 장군은 초장부터 교도소장 윈터 대령의 역린을 건드렸다. 역린을 건드린 자는 적의를 부른다. 적의는 단순히 미워하는 정도를 넘어서 상대를 파괴하려는 음모를 꾸미고, 그것을 실행하게 한다. 앞으로 교도소장이 어윈 장군에게 해악을 가한다는 조짐은 안 봐도 콩떡이다.

사실 이 형무소는 어윈 장군이 오기 전부터 윈터 교도소장의 악행으로 죄수들의 불만이 고조에 다다랐던 참이었다. 교도소장은 죄수들을 학대하고 인간 존엄은 사전에 없으며, 자신의 뜻대로 죄수들이 움직이지 않을 땐 살인도 불사한다. 밖으로 나가지 못하도록 안으로부터 차단된 이 성(The Castle)에선 왕좌의 권력을 휘두르던 교도소장에게 지금까지 아무도 반항하거나 이의를 제기할 수 없었다. 그런데 그 절대 권력에 유진 어윈 장군이 겁 없이 대든다. 이런 자를 그냥 놔두겠는가?

어윈 장군의 카리스마에 기가 눌린 윈터 대령은 그의 일거수일투족에 경계심을 그으며 거슬린 사람이라고 트집을 잡는다. 죄수들은 윈터 대령의 평소 악행대로라면 어윈 장군이 10주 만에 자살하는 것에 내기를 걸지만, 어윈의 당당함과 카리스마에 점점 동화되어 간다. 감옥에서도 짱이 있지 않은가? 힘이 있는 자에게 붙는 인간의 사회성은 성의 밖이든 안이든 다르지 않다.

어윈 장군은 부드럽고 따뜻한 타고난 카리스마로 죄수들에게 점점 자신감과 사명감을 심어 주는데, 윈터 대령은 자신만의 위력과 권력을 보여 주기 위해 점점 포악해져 간다. 다수의 약자를 통제하려고 약자에게 해악을 가할 땐 같은 약자가 보는 앞에서 해서는 안 된다. 약자들은 자신들이 연대하는 조직을 통해 자신과 같은 처지의 타자들이 어떤 해악을 입고 있는지 알게 되고, 자신도 언제든지 해악을 입을 수 있다는 자각을 하게 된다. 그로써 극심한 분노와 조직적인 저항을 낳을 수 있게 된다. 이런 건 권력을 휘두르는 소수의 강자가 명심해야 할 철칙이다.

그런데 윈터 대령의 증오와 분노의 초점은 밤낮으로 어윈 장군을 조준하면서 죄수들의 눈앞에서 보란 듯이 행해진다. 그럴수록 어윈 장군의 감방 생활은 가혹하고 참담하기까지 하지만 이를 지켜보는 죄수들의 시선은 어윈 장군의 어깨에 존경과 추종으로 힘을 보탠다. 삼성 장군의 카리스마는 죽는 날까지 사그라지지 않는다. 결국 최악의 형무소 트루먼에서 연대한 다수의 약자는 교도소장 윈터의 학대적이고 부패한 감옥 시스템과 싸우기 위해 쿠데타의 기운을 뿜어내기 시작한다. 죽음을 두려워하지 않는 이들이 전쟁터의 적군이 아니라 자신들을 스스로 지키기 위해 그들만의 군대를 조직하여 그들만의 방식으로 전투를 시작한다.

기회는 이때다.

어원 장군은 복역 중인 다른 군 출신 수인들을 규합하여 감옥의 통제권을 장악하고 윈터 대령을 축출할 계획을 세운다. 삼성 장군의 리더십이 세운 계획에 전략과 실행으로 어떻게 승리로 이끄는지는 '세상의 정의가 불의를 이기고 세상의 절대 권력은 결국 파멸한다'는 교훈을 되짚는 과정이다. 어원 장군과 감옥의 죄수들은 미국 트루먼 형무소가 부패한 권력의 마지막 성(The Last Castle)이 되기를 염원하며 성조기를 거꾸로 꽂아 자신들을 구해줄 것을 세상에 알리려 싸워서 이긴다.

책 『권력의 심리학』을 쓴 브라이언 클라스는 권력과 권력자의 속성에 관해 말하면서 "권력이 사람을 더 선하게 만든다고 주장하는 연구는 거의 없다."라고 했다. 그것은 "권력자들이 타인과 공감해야 할 필요성을 덜 느끼기 때문이고, 그로 인해 자제력을 잃는 경향이 있어서."라고 했다. 그들은 자신이 강력하다는 기분이 들수록, 타인이 자신을 어떻게 생각하는지에 신경을 덜 쓰게 된다고 한다. 결국 권력자가 된다는 것은 더 이기적이고, 동정심이 없고, 위

선적이고, 힘을 남용하기 쉬워진다는 것인데, 영화에서 교도소장 윈터 대령이 그랬다. 그가 권력자가 되어 자신의 힘을 남용한 결과 그 끝은 파멸이라는 걸 보여 줬고, 소수 강자의 권력이 부패권력으로 작용하는 순간 다수 약자의 불복종 현상이 어떻게 나타나는지를 넷플릭스가 영화 「라스트 캐슬」로 다시 보여 줬다. 인간 존엄의 성(城) 앞에선 누구도 자유로울 수 없었다.

스텝이 꼬이면 탱고일까, 인생일까?

불완전한 명사가 인간이어도 세상 사람들이 그 불완전함으로도 살아갈 수 있는 건 누군가의 도움을 받거나 무언가의 희망에 의한 동기부여 때문일 것이다.

그리하여 조동사가 있어야만 제대로 기능하는 본동사처럼 사람들은 제대로 설 수 있고, 숨을 쉬며 희망이라는 삶의 태양을 향해 나아갈 수 있을 것이다.

영화 「여인의 향기」는 두 주인공이 불완전하다는 점에서 공통되다.
한 사람은 가난과 의붓아버지라는 가정환경으로, 다른 한 사람은 사고로 시력을 잃어 떵떵거리며 호령하던 세상에서 암흑의 블랙홀에 갇히게 되는 불완전함이다.

1974년 이탈리아 영화였던 이 영화는 1992년 미국에서 다시 태어났다가 최근 넷플릭스에서 또다시 나타났다. 제목으로 보거나 여인과 탱고를 추는 포스터만으론 로맨스 같지만 사실 로맨스가 아니다. 여인과 탱고를 추는 장면은 딱 3분가량이다.

영화의 장면은 뉴잉글랜드의 명문 사립고등학교에서부터 시작된다. 찰리 심즈(크리스 오도넬)는 가난하고 의붓아버지의 가정에서 자랐지만, 이 학교의 장학생이다. 부잣집 자녀들인 동기생들은 추수감사절에 스키 여행을 떠날 때 찰리는 크리스마스에 집으로 갈 비행기 표를 사기 위해 주말 아르바이트를 해야 한다.

주말 동안 시각장애 노인을 돌봐달라는 구인 광고를 보고 찾아가는데, 그곳엔 사고로 시력을 잃고 퇴역한 중령 프랭크 슬레이드(알 파치노)가 있다. 그는 막말의 대가다. 보자마자 소리치고 성질을 내고 무례하기 짝이 없다. 주말 아르바이트를 하게 된 날 슬레이드는 다짜고짜 찰리를 데리고 일등석 뉴욕행 비행기에 오른다. 최고급 스위트룸에 숙박하고 최고급 식당과 리무진 사이를 오가는데, 찰리는 생전 처음 경험하는 일이다.

마치 삶이 마지막인 것처럼 슬레이드는 찰리의 도움을 받으며 형의 집에도 찾아가지만, 형의 가족들은 슬레이드를 탐탁지 않게 여기고 말다툼까지 하게 된다.

시각장애의 블랙홀에 갇혀서 삶이 꼬인 슬레이드에게 혈육조차
도 꼬여가는 중이다.

한편 찰리가 아르바이트를 하기 전 학교에서 문젯거리가 있었다.

교장 선생님의 고급 차에 야유를 보내던 동기 몇몇이 교장의 전
용 주차공간에 페인트 부비트랩을 설치하는 것을 찰리와 동기생
조지 윌리스(필립 시모도 호프먼)가 목격한다. 사고를 치던 동기생들은
찰리와 조지에게 말하지 말라 하고 도망치지만, 이때 찰리와 조지
가 한 교사에게 목격되어 찰리와 조지가 범인들을 봤다는 걸 알게
된다. 다음 날 아침 전교생 앞에서 부비트랩이 터지고 차와 교장
선생님은 페인트를 뒤집어쓴다.

교장이 격노하는 건 안 봐도 콩떡이다.

교장은 범인의 목격자인 찰리와 조지를 부르고, 월요일 징계위원
회가 열릴 때까지 사건의 범인을 실토하라고 한다. 실토하지 않으
면 퇴학시키겠다고 경고하지만, 학교에 발전 기금을 내는 아버지를
둔 조지와 다르게 가정형편이 어려운 찰리에게만 범인을 밀고하면
하버드대학에 장학생 추천장을 써줄 수 있고, 그렇지 않으면 퇴학
시킬 수도 있다며 회유와 협박을 한다. 그렇게 찰리는 월요일에 열
릴 징계위원회를 고민하며 주말 동안 슬레이드 중령을 돌보러 간

것이었다. 여차하면 찰리도 인생이 꼬이게 되는 상황이다.

이런 정황을 뉴욕 여행 중에 슬레이드가 알게 되었다.

한편 찰리는 슬레이드가 뉴욕행 여행을 계획한 것이든 형의 가족을 갑작스럽게 찾아간 것이든 그가 스스로 삶을 마감하려는 행동처럼 느껴졌다.

아니나 다를까, 향기만으로도 여인의 모든 것을 알아맞추는 놀라운 능력을 보여 주고, 우연히 만난 여인과 탱고를 추고, 페라리를 몰아보는 이벤트에서도 슬레이드의 삶이 제대로 흘러가고 있다고 느꼈던 건 찰리의 오산이었다.

결국 슬레이드는 자살 시도를 벌이고, 찰리가 만류한다.

자살 시도의 극적인 순간에 슬레이드가 자신이 살아야 할 이유를 한 가지만 대라고 하는 장면이 나오는데 이때 찰리는,

"원 플러스 원."으로 답한다.

"중령님은 페라리를 잘 몰고, 탱고를 잘 추잖아요!"

자신의 존재감, 쓸모, 캄캄한 블랙홀에 갇혔어도 페라리를 잘 몰고, 탱고를 잘 춘다는 존재감만으로도 슬레이드는 삶을 지속할 의

욕을 찾는다.

물론 그 두 가지의 존재감 때문만은 아니다.

자살 시도를 만류하는 찰리는 주어진 삶이 어떠하든 그마저도 사랑해야 하는 진정성을 보여 준다. 슬레이드는 보이지 않지만, 자살을 만류하느라 찰리의 얼굴에 흐르는 눈물에서 삶의 진지함, 진정성을 보았다.

이후 슬레이드는 예전의 삶으로 돌아가는데, 단단히 꼬였던 두 사람의 삶에서 아직 해결 안 된 사람은 찰리다.

월요일이 됐으니 찰리는 징계위원회의 청문회 자리에 서야 한다.

사건의 범인들을 함께 보았던 조지는 아버지를 백그라운드로 청문회에 섰지만, 찰리는 여전히 혼자다.

이곳에 슬레이드가 찰리의 보호자로 나선다.

교장의 심문에 조지는 자본가 아버지의 등에 업혀 빠져나가면서 찰리에게 책임을 미루지만, 찰리는

"말할 수 없습니다!"

로 시종일관 답한다. 만약 말하지 않으면 하버드대학에 추천서를 써 줄 수도 없으며 퇴학당한다는 협박에도 찰리는 끝까지 말할 수 없다고 한다.

찰리는 돈이 없지 가오까지 없는 게 아니다.

아무리 가난하고 기댈 곳이 없다고 해도 자신의 동기들을 밀고할 수 없다는 찰리의 대답에 슬레이드는, 친구를 밀고하라는 교장의 교육적 양심과 태도를 질타하고 범인인 친구들과 아버지 뒤에 숨은 조지를 나무라면서, "이 학교에서 가장 교훈적인 아이는 찰리뿐."이라고 대변한다.

"인생에서 위기가 닥쳤을 때 달아나거나 누군가의 뒤에 숨어 있지 않고 당당하게 맞설 수 있는 용기가 중요하다!"
라는 슬레이드의 연설은 청문회장에 참석한 모든 이들에게 박수와 찬사를 받기에 이른다.

그야말로 활어회처럼 팔딱이는 교육의 현장이다.

당당함.

두 사람은 우리 모두의 인간처럼 몇 퍼센트 불완전하거나 인생이 꼬일 뻔했지만, 당당했다.

찰리는 가난을 이용하는 회유와 협박에도 굴하지 않고 자신의 삶을 지키기 위해 당당했고, 슬레이드는 그런 찰리를 보면서 더 단단한 삶을 되찾았으며 타인을 대변하기까지 했다.

마치 아이를 지키기 위해 힘으로는 대적이 안 되는 상대에게도 악귀처럼 달려들어 싸우는 영화 「마더」의 용기처럼 말이다.

그들은 서로에게서 여인의 향기 같은 '사람의 향기'를 맡았다.

3분가량 탱고를 추던 슬레이드와 여인과의 대화가 삶의 로맨스처럼 남는다.

"스텝이 꼬이면 그게 바로 탱고예요!"

스텝이 꼬이면 탱고일까, 인생일까?

book column

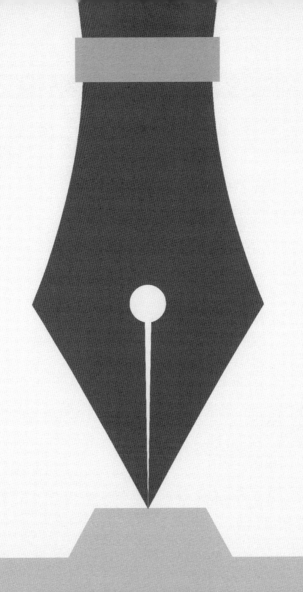

그때의 과거처럼, 지금의 현재처럼

도서 칼럼

삶이란 어떻게든 의미를 지니고 계속되는 것처럼
기차가 강을 건넜다. 눈물이 멈췄다.

소설은 일곱 개의 에피소드로 짜여 있다. 그 에피
소드엔 역사 교사였다가 정년 퇴임한 염 여사를 필두로 20대 취준
생 알바생 시현, 50대 생계형 알바생 오 여사, 매일 밤 야외 테이
블에서 참참참(참깨라면, 참치김밥, 참이슬)을 세트로 혼술하는 회사원,
마지막 각오로 청파동에 글을 쓰러 들어 온 작가 인경, 엄마의 편
의점을 팔아 치울 기회만 엿보는 염 여사의 아들 민식, 민식의 의
뢰를 받아 독고의 뒤를 캐는 곽씨가 등장한다.

이야기는 서울역에서 노숙자 생활을 하던 '독고'라는 남자가 편의
점 여사장의 지갑을 찾아준 인연으로 그 편의점에서 야간 알바를
하면서 시작된다. 덩치가 곰처럼 큰 이 남자는 알코올성 치매로 과

거를 기억하지 못하는 데다 말도 어눌하고 행동도 굼떠서 과연 손님을 제대로 상대할 수나 있을지 의구심을 갖게 한다. 그러나 의외로 그는 일을 꽤 잘해낼 뿐만 아니라 주변 사람들을 묘하게 사로잡으면서 편의점의 밤을 지키는 든든한 일꾼이 되어간다. 편의점의 물건을 슬쩍하는 불량 학생이나 한밤중의 취객도 제법 잘 다루고, 진상 손님까지 두 손 들고 나가떨어지게 만든다. 그뿐인가? 편의점은 비싸다고 오지 않던 동네 노인들도 독고씨의 싹싹하고도 친절한 태도에 마실 나오듯 편의점을 어슬렁거리기 시작한다. 덕분에 오전 매출이 쑥 올라간다.

　독고씨는 에피소드에 등장하는 사람들에게 삶의 무게를 깃털처럼 가볍게 해 주는 마력이 있다. 편의점 알바를 하며 공무원시험을 준비하던 시현은 신참 독고씨에게 매장 업무를 교육시키다가 그가 불쑥 건넨 말 한마디에 편의점 교육 유튜브를 시작해 자신의 숨은 재능을 발견하고 얼마 후 다른 편의점에 스카우트 되기에 이른다. 아들과의 관계로 속을 태우던 오전 알바생 오 여사는 자신의 하소연을 귀담아들어 주고 아들과 소통할 수 있도록 방법까지 알려 주는 독고씨에게 큰 감명을 받는다. 집에서도 회사에서도 점점 존재감을 잃어가는 세일즈맨 경만은 퇴근길 편의점에서의 참참참(참깨라면, 참치김밥, 참이슬) 혼술이 유일한 낙이다. 언젠가부터 편의점의 밤을 장악한 독고씨가 맘에 들지는 않지만, 그의 순수한 호의 앞에서 따뜻한 온기를 느낀다. 사장 염 여사가 독고씨를 내 보내고 편의점을 팔게 해서 사업 밑천을 만들려던 민식은 그녀를 설득하는 과정에서 예전보다 돈독한 모자지간이 되고, 민식의 사주로 독고씨의 뒷조사를 하던 흥신소 곽씨는 타깃인 독고씨에게 오히려 감정이입을 하더니 편의점 알바 자리까지 얻게 된다. 대학로를 떠나와 마지막 글쓰기에 분투 중인 희곡 작가 인경은 서울역 노숙자였던 편의점 알바 독고씨와 매일 밤 취재차 대화를 나누면서 글을 쓸 수 있다는 용기를 되찾게 된다.

한편 편의점 일이 숙달될수록 독고씨는 기억을 조금씩 되찾게 되고 술을 끊으며 지내다 보니 알코올로 굳어진 뇌가 기억을 되찾게 된다. 결국 독고씨는 편의점에서 두 계절을 보내면서 다시 살아내기로 마음먹는다. 그의 기억이 거의 회복될 무렵 대구 지역에서 코로나가 걷잡을 수 없이 확산되고 있다는 소식이 들리고, 독고씨는 편의점 일을 그만두고 대구로 가기로 결단 내린다. 편의점 매출도 올리며 일 잘하고 있는 독고씨는 왜 알바를 그만두고 대구로 가려는 걸까?

에피소드에 등장하는 인물마다 지친 삶의 고뇌와 번민으로부터 삶이 가벼워지도록 가교 역할을 했던 독고씨의 정체는 무엇일까? 이 소설을 읽는 내내 끝까지 계속 읽고 싶도록 추리력을 발동시키는 게 독고씨의 정체다. 이것까지 다 이야기하면 스포일러가 강해져서 앞으로 소설을 읽을 독자들이 김빠질 테니까, 여기부턴 안 알려줌!

『The Creative Curve』를 쓴 앨런 가넷(Allen Gannett)은 창의적 작품이 성공하려면 당대 관객들의 반향을 불러일으켜야 한다고 했다. 그 반향을 일으키는 좋은 소설엔 색다름 이상의 무엇, 즉 친숙성도 필요하다고 하면서 예술가가 대중의 인정을 받을 수 있는 '타이밍'의 중요성도 이야기하였다.

작가 김호연은 우리 시대의 친숙하면서도 현대인의 공간이 된 편의점을 배경으로 소설『불편한 편의점』을 엮었다.

독특한 개성과 사연을 지닌 인물들이 차례로 등장하면서 티격태격하며 별난 관계를 형성해 가는 장면은 마치 드라마를 시리즈로 보는 것 같기도 하고, 친숙한 동네 사람들의 이야기 같기도 하다. 이 소설이 자극적이지 않고 일상적인데도 잔잔한 감동을 주는 건 사람들은 밤마다 피아노를 치면서「즐거운 나의 집」을 노래할 것 같지만 알고 보면 모두의 집엔 그들 나름대로의 고민과 풀어야 할 숙제가 있어서 그 숙제를 풀어가는 과정들이 전 세대를 아울러 카타르시스를 불러일으켰는지도 모른다.

우리는 어떻게 불안한 미래의 허들을
가볍게 넘으려 하는가?

아직 오지 않은 미래는 늘 불안하다. 그래서 많은 사람이 신년이 되면 점쟁이를 찾아가기도 하고, 미래를 예측하는 보고서를 챙겨 보기도 하면서 자신이 살아야 할 미래의 삶을 준비한다.

점쟁이가 예견한 미래의 삶이 정확히 맞아 떨어지고 미래를 예측하는 보고서대로 따라 했을 때 삶이 맞아 떨어진다면 그야말로 모든 삶은 대박의 신화일 수밖에 없다. 그러나 그런 1등 로또의 삶은 이 세상 어디에도 없다.

그럼에도 신년이면 유명하다는 점쟁이들에게 줄을 서고, 서점의 미래 관련 책들이 동이 나는 걸 보면 인간은 어쨌거나 불안한 미래를 잘 살아 보겠다는 의지만은 확실하다. 점쟁이를 찾아가 자신의 미래를 모두 예견해 달라는 것이 아니라 단지 그런 행위를 함으로써 자신의 삶에서 조심할 무언가를 궁리하고, 미래를 예측하는 자료를 통하여 아직 다가오지 않은 미래의 삶이 어떻게 전개될 것인지에 관한 큰 틀을 선행 학습하는 것만으로도 무언가 다가올 신년의 삶에 준비 태세는 갖추게 되었다는 위안을 얻게 될 것이다.

사실 그냥 하루 세 끼 조용히 의식주만 해결하고 사는 삶에선 미래를 예측할 필요도 없다. 아침, 점심, 저녁에 등 따신 집과 옷이 있고, 먹을거리만 있다면 세상사는 게 무에 그리 불편하겠는가?

그러나 인간의 욕구는 그렇지 않다. 등 따시고 배부르면 누군가에게 존경받고 싶고, 더 많은 부를 축적하고 싶기도 하며, 자신의 입지를 한층 더 높은 곳으로 올려놓고 싶기도 하다. 본능을 충족하면 자아실현까지 하고 싶어 하는 존재가 인간이다. 동기화 이론에 따른 욕구 위계 이론을 주장한 매슬로의 주장(Maslow's hierarchy of needs)대로라면 인간은 밥만 먹고 살 수 없는 존재인 것이다.

세상이라는 곳에서의 삶이 혼자가 아닌 다수의 삶인 이상 사람들은 동기화되는 수밖에 없다. 그래서 서로 나누고 바꾸고 비교하고 경쟁하는 삶이 이루어졌고, 사람들은 그런 행위를 비즈니스라는 용어로 진화시켰다.

농경사회 이후 산업화가 진행되면서 세상은 기술과 과학의 진보는 물론 정보의 발달까지 수없는 발전을 거듭하고 있다. 전화기가 나왔던 시절에 '이것이 무엇에 쓰는 물건인고?' 하던 질문은 조선 시대의 멘트처럼 된 지 오래다. 그만큼 세상은 지금 이 순간에도 인간이 만든 기계와 노동력에 의하여 슝슝 달리고 있다.

이러하니 사람들은 어떻게 미래가 불안하지 않겠는가? 불안한 가운데 순탄한 꽃길만 걷는다면야 미래가 불안하지 않겠지만, 세상의 톱니바퀴는 늘 위기와 기회가 교차하며 돌아간다. 그래서 어떤 때는 가볍게 세상의 허들을 뛰어넘을 때도 있지만, 어떤 때는 허들에 걸려 넘어지기도 한다. 그럴 때 넘어지지 않으면 더 좋고, 넘어지더라도 가볍게 넘어지려는 인간의 준비 태세가 점쟁이를 찾아가는 행위라든가 미래를 예측하는 자료를 찾아보는 행위일 것이다.

우리나라에 미래를 예측하는 자기계발서로는 『트렌드 코리아』 시리즈가 있다. 매년 출판되는 이 책은 이번에도 『트렌드 코리아 2024 - 청룡을 타고 비상하는 2024를 기원하며』라는 부제를 달고 나왔다. 매년 12월쯤이면 다음 해의 트렌드를 예견할 책으로 읽곤 하는데, 책의 구조와 맥락은 수년이 흐르도록 동일하다. 대한민국의 소비 트렌드를 전망함으로써 불확실한 미래를 사는 데 작년엔 어땠는지, 현재의 삶이 어떻게 돌아가고 있는지, 앞으로의 삶은 어떻게 진행될지를 소비 트렌드의 측면에서 알려 준다. 이 시리즈를 읽다 보면 앞으로 어떤 방향으로 비즈니스를 구상해야 하는지, 사람들의 심리와 환경은 어떻게 변화하고 있으며 정부의 대응방침은 어떤 것이 있는지를 어렴풋이 예측하게 한다. 참고 문헌이 많고, 10여 명의 연구원이 서울대학 김난도 교수와 풀어냈다. 글의 흐름이 논문 같기도 하고, 자기계발서 같기도 한 논문형 자기계발서이다.

모두가 불안한 미래에 조금이나마 위안의 시간을 갖는 면에서 책은 2024년의 우리나라가 어떤 트렌드인지를 이해하는 데 도움이 될 것이다. 매년 트렌드 코리아 시리즈를 보는 이유다.

전 세계가 열광하도록 히트 치는
아이디어의 비밀은 무엇일까?

　　　빅데이터의 전문가이자 마케팅 분석회사 트랙메이
번(TrackMaven)의 설립자인 엘런 가넷(Allen Gannnett)이 썼다. 엘런
가넷은 Forbes가 선정한 '세계를 이끄는 30세 이하 리더 30인'에
꼽히는 인물이다. 그는 2년간 베스트셀러 작가부터 히트 싱어송라
이터, 인기 유튜버 등 천재 크리에이터라고 불리는 리더들을 직접
만나거나 전화 인터뷰를 해서 상업적 성공을 거둔 창작품 속에 숨
어 있는 공통점을 발견했다. 그 내용을 책에서『크리에이티브 커브
(Creative Curve)』라는 성공 패턴으로 설명해 준다.

　　　작가는 창의력은 천재들의 전유물이 아니라 누구라도 가능한 것
이라고 한다. 성공에는 일정한 패턴이 있어서 누구라도 크리에이티

브 커브 법칙을 안다면 창의적인 아이디어를 만들어 낼 수 있다는 것이다.

크리에이티브 커브는 노출 빈도수가 적을 때는 관심을 갖지 못하다가 노출 빈도수가 드러나면 호감도가 높아지게 되고, 노출 빈도수가 어느 정도 수준에 다다르면 호감이 떨어지는 현상을 말한다.

사람들의 관심과 호감도를 높일 수 있는 아이디어의 핵심은 친숙성과 색다름 사이의 균형을 유지하는 것이다. 인간은 색다른 것에 대해 알아보고 싶어 하는 동시에 낯선 것을 두려워하는 심리를 지니고 있다. 대중에게 사랑받는 아이디어는 이미 친숙한 것에 약간의 색다름을 더하는 것이어서 작품이든 상품이든 타이밍만 잘 맞춘다면 세상의 대박을 치는 건 천재든 평범한 사람이든 모두에게 문이 열려 있다는 것이다.

세계를 열광케 했던 비틀즈의 노래, 「예스터데이」나 JK 롤링의 판타지 소설, 『해리 포터』도 갑자기 유레카를 외쳐서 창작된 것이 아니라 크리에이티브 커브 법칙의 사례라고 한다. 「예스터데이」의 경우 비틀즈가 꿈속에서 선율을 들은 후 20여 개월 동안 수정에 수정을 거치고 힘겹고 치열한 산고를 거쳐서 발표된 것이고, 『해리 포터』도 JK 롤링의 첫 번째 아이디어로부터 5년간의 세부 스토리 계획과 기획, 자료 조사 등 반복적인 창작 및 수정 과정을 거쳐 얻어진 치열한 노고의 산물이라는 것이다.

작가는 크리에이티브 커브 법칙이 소비, 모방, 창의적 공동체, 반복, 4가지 법칙으로 구성되어 있다고 말한다.

먼저 제1의 법칙인 '소비'는 '재료 모으기'라고도 할 수 있는데 꾸준히 모은 재료와 새로운 아이디어가 합쳐지면 빅히트를 치게 된다. 그래서 창의적 예술가는 일하는 시간의 20%를 재료를 축적하는 데 소비한다고 한다. 예를 들어 작가라면 책을 읽는 데 보내는 시간이 일하는 시간의 20% 정도가 되어서 독서를 통하여 친숙한 아이디어를 식별하는 능력을 얻게 된다는 것이다.

두 번째 법칙인 '모방'은 기존의 익숙한 것들, 친숙한 것에 약간 새로운 것을 섞어 창작하는 것이다. 기존의 있는 음악을 리메이크한다든지 원래 있는 제품에 새로운 것을 리믹스하여 또 다른 작품 또는 상품을 만들어 내는 것이다.

제3의 법칙으로 '창의적 공동체'의 중요성을 언급한다. 인구 밀도가 높은 곳에서 생활하는 사람들일수록 지식의 확산 효과가 큰 것처럼 창의적인 사람들이 한 곳에 많이 모이면 모일수록 특허 수가 늘어나게 된다.

또한 창의적 공동체에선 마스터 티처를 만날 수도 있어서 해당 분야를 관통하는 패턴과 공식을 미리 알 수 있으므로 처음부터 시작하지 않아도 되는 장점이 있다. 이뿐만 아니라 창의적 공동체에선 결함을 찾아내고 이를 극복하는 데 도움을 줄 사람, 즉 상충하는 협업자를 만날 수도 있다.

강력한 에너지를 줄 수 있는 모던 뮤즈도 만날 수 있다는 점도 장점이다. 모던 뮤즈는 슬럼프 극복에 도움을 주고 처음의 포부를 지속시키게 해 줄 뿐만 아니라 새로운 동기부여를 제공받게 되기도 한다. 이런 장점이 가득해도 창작 분야에서 성공하려면 세상 사람들에게 인정을 받아야 하는 게 가장 큰 과제일 것이다. 창의적 공동체에선 기득권을 나눠 주는 유명 프로모터도 만날 수도 있다.

네 번째 법칙으로 '반복'이 있다. 작품이나 상품을 개념화하고 압축해서 큐레이션하고 피드백하는 과정을 반복하는 과정을 이야기한다. 이런 과정을 반복하다 보면 상품이든 작품이든 히트할 확률이 높아진다는 것이다.

결국 우리가 특정한 천재들만의 전유물인 줄로만 알았던 '창의력'은 절대 신이 내려 준다거나 한순간의 떠오르는 영감이 아니라 철저한 노력의 결과물이라는 것인데, 작가가 관찰한 크리에이티브 커브의 산물은 우리 사회의 성공한 사업의 경우에서도 심심치 않게 관찰된다.

크리에이티브 커브를 그리는 친숙성(X축)과 선호도(Y축) 좌표상의 곡선 위 최고점에서 그 상품, 창작품(사업)의 하향곡선을 그리는 사례들이 많은데, 우리나라의 경우 배달 앱의 경우를 들 수 있을 것이다. 배달 앱의 경우 배달 음식 문화가 발달한 우리나라 사람들에게 앱이라는 스마트 폰 플랫폼을 결합하여 코로나가 성행하던 2년여간 대박을 치다가 코로나가 풀린 요즘은 예전보다 배달 앱을 이용하는 빈도수가 낮아졌다.

일전에 TV 예능 프로그램에 코미디언 장동민 씨가 20여 년간 자신이 해 오는 사업에 대하여 "예전 사업이 망해서 지속적으로 다른 사업을 하나요?"라는 질문에 "망한 게 아니라, 은퇴라고 보면 됩니다. 그 업종의 은퇴 시점을 알고 다른 업종으로 전환하는 거죠."라고 말했다. 크리에이티브 커브의 진부점이 되기 전에 다른 사업으로 전환하는 사업가의 판단력과 시기를 놓치지 않는 결단력의 사례를 보여 준다.

결국 혁신을 일으키는 창의적 작품이나 제품은 천재들만의 전유물이 아니라 누구라도 할 수 있는 일이요, 그 내면엔 긴 시간 동안 물속에서 끊임없는 발길질을 하고 있는 백조 같은 지난한 노력과 크리에이티브 커브의 법칙이 함께 하고 있었다는 것을 알 수 있다.

오늘 나는 두뇌 건강을 위해
어떤 일상적 활동을 실천하였을까?

140세 만기 보험이 나왔다. 요즘 태어나는 아이들의 기대 수명은 140세라고 한다. 세대를 거듭할수록 의술이 발달하고 환경이 변해서 인간의 수명은 갈수록 길어지고, 그럴수록 사람들의 건강에 대한 관심은 더 증가하고 있다. 잘 관리하기만 하면 천수를 누리는 장수는 일반화가 될 듯하다.

『오즈의 마법사』에서 도로시가 친구들과 함께 마법사를 찾아 떠났던 노란 벽돌길은 인간 경험의 핵심이었다. 그 길에서 허수아비 영웅은 두뇌를 원했다. 두뇌는 허수아비에게 더 나은 삶과 자아를 위한 염원이었다. 더 나은 삶과 자아를 찾으려는 인간의 욕구는 과거나 지금이나 다르지 않다. 그 욕구를 실현하는 데 두뇌의 역할은 삶 전반을 지배한다고 해도 과언이 아닐 것이다.

두뇌를 이해하고 비밀을 밝혀내고자 했던 과학은 1848년 미국 피니어스 게이지 사건으로 거슬러 올라간다. 그 당시 버몬트 주의 철도 공사장에서 180cm의 쇠막대가 피니어스 게이지의 머리를 관통했다. 그는 가까스로 살아남았으나 침착하고 온화했던 게이지는, 성급하고 비열하고 믿음직스럽지 못하고 격렬하게 화를 내며 욕설을 퍼붓는 사람으로 돌변했다.

두뇌 손상이 게이지의 성격과 인격, 기질을 모두 변화시켰다.

책『건강의 뇌과학』은 두뇌가 인간의 건강에 미치는 영향에 대해서 이야기한다.

책은 2012년 네이처가 발표한 연구 결과를 바탕으로 성인 지능의 50%는 어릴 적(11세) IQ로 설명 가능한 것으로 나타났다고 소개한다.

그런데 성인기에 걸쳐 두뇌 기능에서 나타난 변화 중 4분의 1만이 DNA에 의해 결정되고 나머지 4분의 3은 환경과 생활방식, 다시 말해 '우리 행동'에 의해 결정된다고 한다. 식습관과 운동, 수면, 섹스, 술, 커피, 스트레스, 사회적 관계, 두뇌 사용 방식과 같은 위험 요인에 대한 '노출'을 조절함으로써 두뇌 노화를 억제하고 더불어 두뇌 건강을 유지할 수 있다는 것이다.

그렇다면 두뇌 건강을 유지하기 위해선 어떻게 해야 할까?

책은 오래전부터 축적된 데이터와 연구 사례를 통해 일상에서 실행 가능한 뇌과학 정보를 꿀팁으로 알려 주는데, 왜 아래와 같은 일들을 알아야 하는지 과학적 논증과 종단연구의 통계 자료를 통해 세부적으로 설명하고 있다.

* 앉아 있는 시간이 1시간 늘수록 사망률은 2%씩 증가한다.
* 우리 몸의 면역 시스템의 70%는 장 내에 있다.
* 인지 퇴행 과정은 이미 35세에 시작된다.
* 파킨슨병 발병 수년 전부터 장내 신경세포가 변화된다.
* 10%만 덜 먹어도 뇌 건강에 큰 도움이 된다.
* 사회적 고립은 하루에 담배 15개비를 피우는 것만큼 해롭다.
* 불면증은 우울증 발병 가능성을 10배 이상 높인다.
* 두뇌를 관리하고 싶다면 껌을 씹어라.

신경과학이 우리 일상생활에 미치는 영향은 급속도로 증가하고 있다. 두뇌를 컴퓨터에 연결할 수 있게 되어서 어마어마한 가능성과 위험이 함께 있는 혁신을 이야기하기도 하고, 성인 두뇌가 90대까지 새로운 뉴런을 생성한다는 사실을 보여 주는 연구도 소개한다. 90대에도 우리 두뇌는 계속 새로워진다는 것이다. 그렇다면 사회가 발전하고 의술이 발달하면서 오래 살고 싶은 인간의 욕구를 충족시킬 수 있는 두뇌 건강의 중요성은 실로 말로 다 할 수 없다. '죽어야지, 죽어야지.' 하면서도 질병이나 죽음 앞에선 안 가 본 길에 대한 두려움을 갖는 게 인간의 본능이다. 천수를 누리건 하늘이 내어 준 목숨 줄 만큼 살건, 어쨌거나 우리는 목숨이 붙어 있는 한 살아야 한다. 그렇다고 오래 살기만 한다고 해서 행복한 건 아니다. 아프지 않고 살아갈 수 있을 때 우리는 진정으로 살아 있음을 느낄 것이다. 인간의 뇌가 건강과 어떤 연관성을 갖는지의 정보가 벽돌로 쌓은 벽처럼 차곡차곡 쌓인 책이다.

그렇다면 오늘 나는 두뇌 건강을 위해 어떤 일상적 활동을 실천하였을까?

우리는 어디에서
새장을 보고 있을까?

딸 아이가 중·고등학생 사춘기였을 때 엄마인 나와 한바탕 다툴 때면 단골로 등장하던 불만이 있었다. 어릴 적 남동생과 차별했으며, 그때도 여전히 엄마는 동생과 자기를 차별한다는 것이었다. 그 차별을 구체적으로 물으면 아주 사소했다.

어릴 땐 동생이 짜장면을 먹고 싶다고 하고 자기가 피자를 먹고 싶다고 했을 때 엄마는 짜장면을 시켰고, 밥을 풀 때면 늘 동생의 밥을 먼저 푼다는 것이었다. 내가 무의식적으로 하던 행동이 딸에겐 차별이었다.

수십 년간의 직장 생활에서도 여성과 남성 간의 차별로 스트레스가 끊이지를 않았는데, 나의 아이에겐 아무렇지도 않게 '차별'이라는 걸 하고 있었던 것이다.

동생이 어려서 그랬다느니, 부모라는 역할이 처음이어서 서투르다 보니 그랬다느니, 밥을 먼저 푸는 순서가 뭐가 중요하냐느니 구실을 댔지만, 존재 자체로 존중받아야 마땅한 아이의 존엄 앞에선 '나는 아이를 차별했다, 차별하고 있다.'로 양심의 한구석에서 결론을 내릴 수밖에 없었다.

책 『선량한 차별주의자』는 강릉원주대학교 다문화 학과에서 소수자, 인권, 차별에 관해 가르치고 연구하는 김지혜 작가가 썼다. 우리의 무의식적 차별이 어떻게 탄생하는지, 차별이 어떻게 지워지는지를 구체적으로 말하고 있는데, 이주민, 성 소수자, 아동, 청소년, 홈 리스 등 소수자 관련 현안에 관심을 갖는 작가는 현장과 밀접한 연구를 하면서 사회의 구체적 변화를 꾀할 수 있는 법과 정책적 대안을 제시한다.

우리가 평소 다른 사람을 차별하지 않는다는 생각은 신화이고 착각일 뿐이라고 말하는데, 누군가를 정말 평등하게 대우하고 존중한다는 건 우리의 무의식까지도 훑어보는 작업을 거친 후에야 조금이나마 가능해지기 때문이라는 것이다.

무심코 장애인에게 던졌던 "희망을 가져라."라는 말도 장애인의 현재의 삶에 희망이 없음을 전제로 하는 것이며, 장애인의 삶에는 당연히 희망이 없다고 생각하는 것 자체도 근본적으로는 자신의 기준으로 타인의 삶에 가치를 매기는 모욕이라는 것이다. 아무리 객관적인 지표와 표준화된 시스템을 마련한다고 해도 불평등이 사라지는 것이 아닌 이유는 그 과정에서 여전히 편견이 개입되기도 하고, 개인의 역량과 환경을 무시한 지표와 시스템은 결국 환경이든 역량이든 우월한 자만이 평등의 지표 위에 평등할 뿐이라고 한다.

다수 중심의 사회에서 소수가 불평등에 저항하는 시민 불복종의 사례에선 영화 「라스트 캐슬」을 추천하였다. 미국 트루먼 형무소에서 교도소장의 악행을 고발하는 죄수들의 불복종 사례를 주제로 한 이 영화는 우월한 자들에게만 유리한 평등의 지표가 소수 열악한 자들에게 어떻게 작용하는지, 그러한 행위들이 지속될 때 어떤 시민 불복종의 사례가 일어나는지를 알려 주고 있다.

"우리의 시야는 제한적이고, 우리는 더 크고 서로 교차하는 패턴보다는 한 가지 상황, 일회성 증거에 집중하게끔 사회화되었다."라는 오즐렘 센소이와 로빈 디앤젤로의 말을 인용하여 우리의 생각이 시야에 갇히는 현상, '새는 새장을 볼 수 없음'을 설파한다.

모두에게 동일한 기준을 적용하기만 하면 공정할 것 같지만, 결과적으로 차별이 되는 상황은 우리 사회 곳곳에 포진해 있다고 보고 있다.

사람들은 자신이 객관적이고 공정하다고 믿을 때 자기 확신에 차있어서 더 편향되게 행동하는 경향이 있어서 더욱 그러하다는 것이다.

작가는 이러한 무의식적 차별과 사회 곳곳에 포진해 있는 차별들에 대하여 어떻게 대응해야 하는지의 고민에서 사람들이 생각하는 보편성에 대하여 이야기하는데, 그 보편성을 기준으로 다양성의 확대를 권하고 있다. 다양성 없는 보편성은 허상이며 눈속임이 될 수 있기 때문이라는 것이다.

세상은 정말 모두에게 평등할까?
우리의 의식은 앞질러가는 무의식을 적시에 정제하여 걸러낼 수 있을까?

우리가 보통 보지 못하는 무언가를 지적해 주는 누군가가 있다면 우리의 시야가 미치지 못하는 사각지대를 발견할 수 있을 것이다. 그러나 우리 대부분은 자연스러워 보이는 사회질서를 무의식적으로 따라가고 있는 게 현실이다. 그러한 지적을 받는 기회는 생존과 이기의 삶에서 하얀 그림자를 발견하는 것처럼 쉬운 일이 아닐 테니까 말이다.

과연 우리는 지금, 어디에서 새장을 보고 있을까?
새장 안에서 보고 있을까, 새장 밖에서 보고 있을까?

오늘 지름신이 강림한 당신의 소비는
합리적입니까?

"38kg입니다."

재활용 옷을 수거해 가는 분이 옷 보따리를 저울에 재고 1만 7천 원을 건넸다. 산더미 같던 옷이 빠져나간 순간 옷장은 가벼워지고 헐렁해졌다. 딸은 어떤 이유로 저 많은 옷을 샀던 것일까? 38kg의 옷을 살 때까지 도대체 돈을 얼마나 쓴 걸까?

딸의 나이쯤엔 나도 그랬다. 옷 욕심이 많았던 나도 지나가다가 예쁜 옷이 있으면 사고, 동료가 입으면 샘이 나서 사고, TV에서 연예인이 광고하면 멋있다고 사고, 디자인이 맘에 들면 색깔별로 사고, 휴일에 혼자 있다 보면 심심하다고 아이쇼핑 갔다가 충동적으로 사고, 하여간 사고사고 또 사다 보니 집 안의 옷장은 배가 불러서 터질 지경인 때가 한두 번이 아니었다. 그럴 때마다 후회와 후회를 반복하지만, 계절이 바뀌면 유행도 바뀌어서 또 옷을 사곤 했으니, 수입의 30%는 옷을 사는 데 다 썼다고 해도 과언이 아니다. 옷만 보면 귀신에게 홀린 건지 옷을 향한 열망은 이성적 판단을 늘 앞서가곤 했다.

38kg이나 되는 딸의 옷을 내놓으며 과소비니, 충동 구매니 궁시렁궁시렁했지만, 딸이나 나나 도긴개긴인 건 마찬가지다.

평소 경제관념이라면 둘째라면 서러울 정도로 근검과 절약이 몸에 배고 과소비는 내 인생에 얼씬도 못 한다고 큰 소리를 쳤어도 '옷'을 대할 때만큼은 지름신이 강림하는 건 그럴 때마다 무언가에 단단히 홀리는 게 틀림없었다. 이성적, 합리적, 실용적 아이콘의 대명사라고 자부했던 나는 언제나 합리적이지 않으며 언제나 이성적이지 않고 언제나 실용적이진 않았던 것이다.

책 『가장 쉬운 행동경제학』은 이기적이면서도 합리적이라고 가정되는 인간의 소비 행동이 왜 비합리적이고도 감정적, 이타적, 본능적 소비 행동을 하게 되는지를 이야기한다. 전통경제학이 인간은 이기적이고 합리적이라는 가정하에 작용하는 시장경제의 논리, 즉 '보이지 않는 손'으로 유명한 애덤 스미스의 이론을 이야기한다면 행동경제학은 보이지 않는 손 이외에도 시장경제에 변수가 작용한다고 보는 것이다. 그 변수가 인간의 비합리성이다.

행동경제학에서는 인간이 비합리적인 이유를 마음, 즉 심리 때문이라고 한다. 인간의 행동 뒤에는 여러 가지 마음이 존재해서 인간의 인지는 때때로 착각을 수반하기도 하고, 시장경제에 맡겨진 수요와 공급이 만나는 가격 결정의 시스템도 심리가 작용하면 '보이지 않는 손'의 경제 논리는 맥을 못 춘다는 것이다.

인간의 감정이 행동으로 이어지는 경우가 있어서 경제를 움직이는 우리의 정서가 되기도 하고, 날씨라든지 대중이 몰려드는 스포츠 경기처럼 상황이나 환경도 경제를 움직이는 동인이 되기도 한다는 것이다. 날씨가 좋은 날엔 주가도 상승하고, 응원하는 프로야구팀이 이긴 날엔 야식도 많이 하는 현상도 이러한 맥락이다. 전통경제학에서 말하는 '보이지 않는 손'의 시장 논리가 아니라 모두가 '기분'의 시장 논리이다. 감정이 오가는 기분 탓에 야식이 늘어서 소비가 늘고, 묻지마 주식투자는 주가를 부추기며 시장경제에 영향을 주는 것이다.

물론 그렇다고 해서 인간의 마음으로 인해 비합리적 행동이 나타나는 현상으로 경제를 모두 설명하는 건 아니다. 그렇게 된다면 전통경제학은 유명을 달리할 것이고, 경제학이라는 학문은 학문의 기능을 다 한 것이라고밖에 할 수가 없다. 여기서 행동경제학이 말하는 마음의 작용, 즉 비합리성의 행동은 단기적 현상이다. 단기적으로 경제를 설명하는 이론이 심리가 바탕이 된 행동경제학이요, 장기적으론 여전히 전통경제학이 경제 논리를 설명한다. 따라서 경제학이라는 건 전통경제학과 행동경제학 양쪽 모두의 이론이 필요한 시대가 된 것이다.

그렇다면 행동경제학은 어떤 상황에서 인간에게 도움이 되는 것일까? 사회가 발전하면 할수록 팽창하는 행동경제학의 응용은 어떻게 해야 바람직한 것일까?

책에서 행동경제학의 응용 분야는 다방면에 걸쳐서 확대되고 있다고 말한다. 마케팅이나 새로운 상품의 기획 또는 디자인, 주식이나 외환 등에 대한 인간의 판단과 행동들도 모두 연구 대상으로 다룰 수가 있어서 이론을 응용하고 활용하는 건 사업이든 정치든 어떤 분야에서든 활용이 가능하다는 것이다.

따라서 이러한 활용이 많은 사람에게 어떻게 받아들여지느냐가 중요한 관건인데 그것은 인간의 마음, 심리와 상황과 환경 등의 변수적 요인을 읽는 일이야말로 고객을 얻는 길이요, 소비자를 얻는 길이라는 것이다. 결국 어떤 환경에서든 사람의 심리를 읽는 게 중요하다는 것이다.

그렇다면 오늘 당신은 순간적으로 어떤 물건에 지름신이 강림하셨는가?

과연 그 소비는 합리적이었는가, 비합리적이었는가? 어떤 마음이 충동적으로 당신의 지갑을 열게 했는가?

도덕의 결핍인가,
지식의 결핍인가?

      독일의 물리학자, 독일 국립박물관 관장인 저자가 쓰고 버리는 시대, 잃어버린 것들을 회복하는 삶을 위하여 일상생활에서 쓰이는 물건들을 수리, 수선하는 문화의 정착을 주장하고 있다.

  급속히 산업화되는 시대의 조류에 쓰고 버리는 사회가 고용을 창출하고 경제를 발전시킨다는 이점도 있지만, 그로 인하여 유한한 자원의 고갈과 환경문제의 심각성을 언급하며 경제를 우선시하는 문화가 지구 전체적인 관점에선 오히려 독이 되어 지구인 모두에게 돌아가게 된다는 위험성을 경고한다.

소크라테스가 말한 "도덕의 결핍은 지식의 결핍과 다르지 않다."라는 말은, 곧 지금 우리가 에너지 상태와 자원 상태, 생태학적 측면과 경제학적 측면 사이의 복잡한 관계들을 알고, 종합적으로 판단한다면 도덕적 결핍은 일어나지 않는다는 말이라고 풀이한다.

지식의 결핍이 도덕적 결핍으로 이어지는 사례는 우리 주변에서 흔히 일어나고 있는데, 무의식적으로 길에 버린 담배꽁초나 음료수 병 등의 쓰레기들이 여름철 갑작스러운 큰비가 내렸을 때 하수구를 막아 물난리가 났던 2022년 여름 강남역 물난리 사건을 보아도 알 수 있다.

무의식적으로 쓰고 버린 쓰레기가 하수구를 막아서 큰 빗물이 천으로 강으로 흘러가지 못했을 때 일어나는 대참사의 원리를 안다면 도덕적으로 결핍된 행동들이 훗날 어떤 결과를 초래하는지도 알게 될 것이다.

해마다 새로운 스마트폰이 출시되는 시대에 수리, 수선의 문화를 고집하는 작가의 주장이 얼핏 궁상떤다는 인상을 줄 수도 있다.
그러나 무엇이든 새것을 선호하고 뉴트로를 당연시하는 사회에서 과연 어디까지 가야 신상과 새로운 것을 선망하는 욕구가 끝날 것인가?

우리의 사고방식을 전환시켜 줄 조정장치들을 마련해야 하는 건 아닌가 하는 의무감을 던지고 있다.

매년 새로운 모델로 출시되는 스마트폰 광고를 보면서 대체 왜 매년 새 스마트폰을 사야 하는지, 대체 우리는 컴퓨터 잉크젯 프린터를 산 건지, 잉크를 사기 위해 프린터를 산 건지, '성장'을 위한 경제모델에 소비자는 '봉'이 되어야 하는가를 고민하게 한다.

스마트한 기기들이 계속 출시되어 게으른 소비자로 내모는 산업의 흐름에서 벗어나, 지혜롭게 일상을 가꾸어 나가는 스마트한 인간이 되기를 기원하는 작가의 의도가 엿보인다.

독서 토론회 '책 읽는 사람들' 멤버들과 3주에 걸쳐 릴레이 낭독으로 읽었다.

기후문제, 환경문제가 당면 과제인 현재 이슈에 조금이나마 경각심과 행동 실천에 도움이 되고자 대형서점 끄트머리에 잠자고 있던 책을 추천해서 함께 읽었다.

물리학자의 관점에서 풀어낸 내용과 밋밋한 내용이 많아서 자칫 지루할 뻔했는데 후반부에 인류애를 향한 당면 과제가 제시되어 일상생활의 실천 행동에 대한 경각심을 불러온다.

우리는 삶의 주도권을
누구에게 주고 있을까?

　　　　세탁기에 빨래를 돌리면서 타이핑을 하고 전화 통화도 하면서 가끔씩 TV에서 하는 오락 프로그램에 배꼽도 잡고 동시에 음악 소리에 장단을 맞추느라 머리와 다리를 흔든다. 나는 이게 된다. 아니, 어떤 사람은 여기에 밥까지 먹을 수 있을 것이다.

　한꺼번에 여러 가지 일을 처리하는 것이 바쁜 직장인의 삶에서만 가능한 줄 알았더니 직장을 그만둔 지가 언제인데 나는 아직도 멀티태스킹을 한다. 그렇다고 해서 일을 빨리 마쳐야 하는 바쁜 일정이 있는 것도 아니다. 하루의 일과를 천천히 해도 시간이 남는다. 남은 시간엔 TV 예능프로그램도 보고 멍하니 천장을 보고 누워서 아무 생각 없이 시간을 흘려보내기도 한다. 바쁘건 안 바쁘건 멀티태스킹은 생활이 됐다.

하루 24시간이 모자랄 정도로 바쁠 땐 멀티태스킹이 능력이었다. 그렇게 하지 않으면 잠을 줄이거나 어떤 일은 하지 못하거나 빠뜨리고 지나야 했다. 그러나 지금은 그렇게 바쁘지 않은데도 멀티태스킹을 한다. 나만 그런가? 아니다. 현대인들은 많은 사람이 멀티태스킹을 한다. TV를 보거나 유튜브를 보면서 밥을 먹는 건 기본이고, 유튜브를 보거나 뉴스를 보면서 러닝머신을 뛰는 것도 기본이다. 자전거를 타면서도 음악을 듣거나 오디오 북을 듣고 TV를 보면서도 핸드폰을 본다. 한 번에 한 가지를 하는 사람의 모습을 보는 건 가뭄에 콩 나듯 한다. 이제 멀티태스킹은 현실이다.

멀티태스킹의 장점은 시간을 다퉈 해야만 하는 일을 한 번에 처리한다는 점일 것이다. 여기서 단서가 있다. 시간을 다퉈 해야만 하는 일을 한다는 점이다. 그럴 때 멀티태스킹은 요긴하게 작용한다.
그러나 현재 우리 사회의 현실이 된 멀티태스킹은 단서가 없는 멀티태스킹이다. '시간을 다퉈 처리해야만 하는'이라는 단서가 없는 것이다.

TV를 보면서 휴대폰으로 뉴스를 읽는다든가 유튜브를 보면서 러닝머신에서 뛴다든가, 자전거를 타면서 음악을 듣는 멀티태스킹은 시간을 다퉈 해야만 하는 일이 아니다. 그저 같은 시간을 쓰면서 기왕이면 한 가지보다 두 가지를 다 하면서 움직이면 시간의 가성비가 높다고 여겨서이기도 하고, 한 가지만 하기에는 심심해서이기도 할 것이다. 시간을 다퉈 들어야 하는 노래가 있는 것도 아니고, 시간을 다퉈 봐야 하는 뉴스가 있는 것도 아니다. 이제 기왕 시간을 쓰는 것, 한 번에 한 가지만 하는 것은 성에 안 찬다.

그렇다면 멀티태스킹의 단점은 무엇일까? 말 하나 마나다. 한 가지 일을 진득하게 할 때보다 집중력이 떨어진다는 것이다. 더 나아가 몰입도가 떨어진다는 것인데, 집중력이 떨어졌을 땐 실수를 하기 쉽거나 디테일에서 떨어지기 쉽다. 집중해서 무얼 한다는 건 무언가에 몰입한다는 것이다. 몰입이 주는 긍정성은 창의와 즐거움, 그리고 성취감이다. 그런 긍정성은 하는 일을 더 즐겁게 하여 지속적 활동을 가능케 하고, 행복을 경험하게 한다. 인간이 누리는 행복으로 분비되는 엔도르핀은 건강의 상징이다. 집중 하나만으로도 세상을 얻는 것이다. 그런데도 우리는 집중력을 방해하는 멀티태스킹을 한다. 그것의 부정적 영향력이 집중력을 방해해서 몰입도를 떨어뜨리고 행복 호르몬을 분비하지 못하게 하는데도 여전히 멀티태스킹은 현실이 되고 일상이 된 것이다.

책 『도둑맞은 집중력』은 멀티태스킹의 세계까지 입문한 현대인들의 습관이 어디에서 비롯된 것인지를 이야기한다. 한 가지에 집중하지 못하는 현대인의 문제점은 왜 그런 것인지, 그 원인은 무엇인지, 뇌 과학에서는 어떤 연구가 있었는지의 내용을 여러 임상과 사례를 들어가며 낱낱이 열거하고 있다. 현대인들이 집중하지 못하고 산만해지는 것이 스마트 폰이나 디지털 기기에 대해 자제력이 없어서인 것 같지만, 사실은 그것이 아니라는 것이다. 현대인의 문제점으로 등장한 비만율의 증가가 정크푸드의 증가와 생활방식의 변화가 만들어 낸 것처럼 집중력의 위기를 맞게 된 이유도 현대 사회 시스템이 만들어 낸 유행병과 같다는 것이다.

그 시스템이라는 것에서 거대한 테크 기업의 문제를 제기하는데, 도파민 중독을 가져오는 소셜 미디어의 폐해는 물론 짧은 영상 미디어에서 방출되는 자극적인 콘텐츠들이 왜 인간의 집중력을 앗아가게 되었는지를 알려 준다. 한 번 보면 멈출 수 없는 중독의 세계에서 시간을 도둑맞고 있는 현대인들이 집중력마저도 도둑맞고 있음을 알려 주는 것이다. 그로써 집중력의 위기를 맞은 시대에 어떻게 삶의 주도권을 다시 잡을 것인가를 알려 주는데, 책을 집필하기 위해 찾아다닌 사례도 많고 참고 문헌도 많아서 읽는 내내 맹신의 신뢰가 확신의 신뢰로 자리 잡게 한다.

내용은 책에 있다. 귀한 내용이라 내용을 열거하는 건 내용을 가볍게 하는 스포일러가 된다. 어쨌거나 삶은 권력을 쥔 자의 것이다. 내 삶의 주도권을 어떻게 다시 내가 쥘 것인가? 집중력에 해답이 있다.

삶의 액셀레이터가
과열되고 있을 때

세상에 태어난 지 30년이 넘는 딸아이가 긴 세월 동안 공부에 치이고 일에 치이다가 막간의 시간을 이용해 결혼한다. 결혼이 인륜지대사임에도 막간의 시간을 이용해 결혼 의례를 치르는 딸과 예비 사위의 모습을 보면서 모든 것이 번갯불에 콩 볶아 먹듯 순식간에 착착 진행되는 것 같아 한편으론 안심이 되기도 하고 또 한편으론 안쓰럽기도 하다.

나도 그랬다. 대학을 졸업하자마자 취직하랴 결혼하랴 아이들 낳으랴, 복직해서 또 직장에 다니랴. 분초를 나누어 써도 모자라고 손가락이 열 개라도 모자라는 분주함으로 살다 보니 어느덧 아이들은 부모의 손을 떠나 장성한 성인으로 성장했고, 나는 20대와

30대, 그리고 40대, 50대를 지나 60이 되었다. 공부와 취업과 결혼 생활과 육아와 지속적 경제활동의 순간들이 순식간에 60년의 시간을 채워냈다. 60년이면 21,900일을 살아 낸 것이다. 학교에서 수업 시간이 끝나고 노는 시간을 기다리던 40분과 50분, 60분의 시간들을 너무 느리다고 징징거리곤 했는데 나는 어느덧 21,900일에 해당하는 31,536,000분의 시간들을 어릴 때처럼 징징거릴 새도 없이 훅 통과한 것이다.

딸과 사위도 그럴 것이다. 이제 30대의 젊은 청춘들도 일하느라 바빠서 결혼할 틈새 시간을 낸 것처럼 이들도 어릴 때 수업이 끝나고 노는 시간을 기다리느라 징징거리던 시간이 훅 지나고 일하느라 번개처럼 지나가는 하루들의 시간에서 언젠가는 '어느새 이렇게 세월이 흘렀지?'를 반문하며 세월의 무상함을 나이와 주름과 시간의 역사들에서 절실히 느끼게 될 것이다. 그때가 40살이건 50살이건 그들이 한참 앞으로만 달리다가 한숨 돌리는 순간에 뒤를 돌아보게 될 것이다.

그 순간에 '세월아, 멈춰라!'라는 구호든, '아, 내가 지금 뭐 하고 사는 거지?'라는 자기반성과 성찰에서든 꼭 자신들의 삶을 되돌아볼 날이 올 것이다. 60이 되도록 살면서 내가 그랬듯이, 인생의 선배들이나 내 또래의 사람들이 그랬듯이.

그때, "바쁘다 바빠!"를 외치던 그 시절쯤에 나는 왜 인생의 선배들이 들려주던 조언을 귀담아듣질 않았던 것일까? 만약 선배들의 조언을 귀담아듣고 실천했다면 지금의 나는 어떤 삶을 살고 있을까를 생각하게 될 것이다.

공부도 그렇고 일도 그렇고 운동도 그렇듯이 모든 삶의 여정엔 쉼표가 필요하다. 그 쉼표가 있어야 헐떡이던 숨 쉬기도 쉬어가면서 평화로워 지고 앞으로 갈 여정에 박차를 가할 에너지도 얻는다. 그러나 삶이 어디 그렇던가? 일에 치이고 자녀 양육에 치이고 관계에 치이다 보면 쉴 시간을 제대로 낼 여유가 보이던가? 삶을 되돌아볼 시간도 없이 훅 지나가는 게 세월이다. 그래서 공자는 10년마다 생을 돌아보는 철학적 사유의 이름을 지었을 것이다. 사회적 기반을 닦는 30대의 나이 이립(而立)과 세상일에 미혹함이 없는 40대의 불혹(不惑), 생의 의미를 알았다는 50대의 지천명(知天命), 귀가 순해지듯 세상사에 순하게 대응하는 이순(耳順)….

생은 이런 것이라고 미리부터 선행 학습을 하고 시작한다면 우리의 삶은 얼마나 탄탄할까마는 우리의 현대 사회는 경쟁에 치이고 자본에 치이고 관계에 치이고 기술 발전에 치이며 정신없이 흘러간다. 그러한 삶에 가끔가끔씩 제동을 걸며 돌아볼 시간을 갖는 것. 그것이 공자의 명명대로 이립과 불혹, 지천명, 이순의 삶을 사는 것일 텐데 우리는 그 순간마저도 현실에 치이고 숨을 헐떡이며 살아가곤 한다. 그리하여 자신이 진정 무얼 원하는지, 어떤 삶을 살고 싶은지를 생각할 겨를도 없이 훅 지나쳐 버리는 게 세월이라는 순간 이동일 것이다.

책 『마흔에 읽는 쇼펜 하우어』는 순간 이동하는 현대 사회의 삶처럼 정신없이 살아가는 젊은이들을 위하여 마흔의 나이쯤엔 무얼 생각해야 하는지, 어떻게 살아가야 하는지를 되돌아보도록 철학자 쇼펜 하우어의 원서에 대한 해석을 담았다. 결국 인간은 행복하기 위하여 일을 하고 공부를 하고 관계를 맺고 분주하여도 힘들어도 인내하며 삶을 살아내는 것인데 그 분주함 속에 놓치는 것은 없는지, 먼저 살아 낸 인생의 선배 입장에서 어떤 것을 되짚어 보아야 하는지, 삶의 액셀레이터만 밟기 쉬운 젊은이들을 위하여 가끔씩 어떤 브레이크를 밟으며 제동을 걸어야 행복한 삶으로 자신을 이끌 수 있는지를 조언한다. 자신의 삶에 타인의 조언을 참고서로 삼는다는 게 얼핏 주관적, 개성적 삶에 반감이 일 수도 있겠으나 보편적 삶의 커다란 가닥을 잡는 역할에선 철학서와 고전의 역할이 지대하다는 건 이미 많은 사람이 동감하는 바다.

철학자든 선구자든 유명인의 삶이든 모두를 따라 할 필요는 없으나 삶의 액셀레이터가 과열되었을 때 브레이크를 밟는 조언의 툴

로써 기능을 한다면 책은 행복을 추구하는 인간의 삶에서 '굿 모
닝!'의 일상들을 지어낼 것이다. 나의 아이들의 삶에서도, 세상의
모든 아들딸들에게도.

까르페 디엠!

프랑스의 대문호 파스칼 브뤼크네르가 썼다. 현재 75세로 출판사 편집인이면서 칼럼니스트로 활동하고 있다.

책에 이런 문장이 있다.

"늙는다는 것은 달력 속으로 편입되는 것, 지나간 시대의 사람이 되는 것이다."

그렇다. 늙는다는 건 지나간 시대의 사람이 되는 것이다. 그래서 나이는 세월을 공감하게 하지만 세월을 비극적으로 만들기도 한다. 공통의 조건으로 한데 묶이고 그대로 휘둘리는 신세가 된다. 정작 나이는 행정 서류상의 숫자일 뿐인데도 말이다. 이런 점에서 작가는 요즘 시대에 서류상의 내 나이와 스스로 느끼는 나이 사이의 커다란 간극을 어떻게 채워 나갈 것인지를 10가지 주제, '포기, 자리, 루틴, 시간, 욕망, 사랑, 기회, 한계, 죽음, 영원'을 제시하며 풀어 나간다.

작가는 특히 50세 이후, 젊지도 않지만 늙지도 않은, 이 중간의 시기를 어떻게 지내야 하는지를 이야기한다. 인생을 다시 시작할 것인가, 방향을 틀어 볼 것인가, 존재의 피로와 황혼의 우울을 피하려면 어떻게 해야 하는가, 회한이나 싫증을 느끼고도 여전히 인생을 잘 흘러가게 하는 힘은 무엇인가. 이러한 질문에 파스칼, 몽테뉴, 프로이트, 니체 등의 세계적 명성에 어울리는 유려한 사유를 제시하면서 현재 나의 많은 나이가 얼마나 젊은 나이인지를 깨닫게 한다.

50세가 되면 인생이 정말로 짧아지기 시작한다. 산 날보다 살아 갈 날이 더 짧아지는 시기이기도 해서 카운트다운이 시작되기도 한다.

그러나 생이 짧으면 치열하게 살아갈 이유가 생기는 것처럼 남아 있는 나날 동안 후회되는 부분을 바로 잡거나 잘한 부분을 오래 유지하려고 애쓰게 되기도 한다. 이것이 카운트다운의 이점이기도 하다. 만일 이런 카운트다운이 없다면 우리는 인생이 마냥 천년만년 살 것처럼 살 것이며, 내일은 끝없이 무한 반복될 줄 알고 살아갈 것이다. 결국 나이를 먹는다는 것은 카운트다운에 들어가는 것이기에 모든 것은 한정되어 있고, 하루하루 선택지가 줄어들게 된다. 모든 사안에 분별력을 발휘하지 않을 수가 없으니 삶은 명료해져서, 해야 할 것과 하지 말아야 할 것의 경계가 분명해지기도 한다.

그래서 통상 노년을 지상의 즐거움을 탐하는 자세에서 벗어나 명상과 연구에 몰두하고 지혜와 성찰로 내려놓음으로써 저승길을 준비해야 하는 것처럼 말하지만, 작가는 다른 시각으로 노년을 바라본다. 행복한 노년의 비결은 오히려 정반대일 수도 있다는 것이다. 좋아하는 일, 할 수 있는 일을 최대한 늦게까지 하고 어떠한 향락이나 호기심도 포기하지 말고 불가능에 도전하라는 것이다. 나이가 들었으면 포기하라든가, 어차피 노년에는 욕망이 감퇴한다든가 하는 생각도 통상 하는 말이니 그런 생각을 애시당초 버리라고 한다. 결국 노년이 우리를 제압하고 수용하겠지만 그래도 노년은 재건의 대상이라는 것이다.

살아 본 사람들이라면 진짜 삶은 영웅적이거나 기상천외하지 않다는 것을 다 안다. 삶은 아주 세속적이고, 별나지 않은 일상 속에서 욕구를 느끼거나 해소하는 식으로 흘러갈 뿐, 매일 저녁 피아노 연주가 들리는 즐거운 집은 없다. 그러므로 작가는 단지 이 단

조롭고도 일상뿐인 삶을 살아 있다는 것만으로도 싱싱하게 열어 갈 의무가 있으며, 황혼은 밤을 닮는 것이 아니라 새벽을 닮아야 한다는 것이다. 비록 그 새벽이 새로운 날을 열어 주지 않더라도 말이다. 그러려면 우리는 나이를 먹되 마음이 늙지 않게 지키고, 세상을 향한 욕구, 기쁨, 다음 세대에 대한 호기심을 유지해야 한다는 것이다.

그러나 우리의 현실은 어떤가?

안타깝게도 우리는 나이가 들수록 생물학적 또래 집단과 한 덩어리 취급을 받으려 동시대라는 덫에 스스로 자신을 가두기도 하고, 갇혀 버리기도 한다. 나이를 의식하는 나와 내 나이를 의식시키는 타인의 덫은 한꺼번에 우리를 행동하지 못하도록 집어삼킨다.

우리가 세상에 처음 태어났을 때처럼 세상을 처음 보듯 바라보고 처음 사는 듯 살 수 있다면 삶은 하루하루가 신비롭고 경이로울 것이다. 그 신비와 경이의 호기심이 딱딱한 돌처럼 굳어져 석회화된 건 '세월'이었다. 세월의 격동과 풍파 속에서 살아 내야만 했던 그 '세월' 덕에 우리는 이 젊지도, 늙지도 않은 어중간한 시기에 다가서게 되었다. 그러나, 그래서, 그럼에도 불구하고 우리는 작가가 말하는 것처럼 세상을 처음 보듯 바라보고, 처음 사는 듯 살아야 할 것이다. 세상을 바라보는 우리의 시선이 새로워져야 우리는 '나이 듦'과 '늙음'이 주는 황혼의 우울함에서 벗어날 수 있을 것이며, 회한이나 싫증을 느끼고도 여전히 삶을 흘려보낼 수 있을 테니 말이다. 생을 언제라도 빼앗길 수 있는 재화처럼 여기고 당장 누려야 할 것이다. 이 순간은 다시 돌아오지 않으니 현재에 집중해야 할 것이다. 50살이 되어도 60살이 되어도, 70, 80, 90살이 되어도 일하고 사랑하고 현재에 집중하며 즐겨야 할 것이다.

그런 의미에서,
우리는 죽는 그 순간까지도 까르페 디엠(Carpe Diem)!

세상의 진실은 어디부터 진실이고,
어디까지가 진실일까?

　　　인간은 행복하게 살다가 행복하게 죽는 것도 중요
하지만, 사는 동안 자신의 삶을 인정받고 존중받는 것 또한 중요
하다. 자기기만이야 자신만의 문제라고 하더라도, 타인에게 자신의
삶을 송두리째 부정당하는 삶은 죽은 자의 관 속에서도 억울하고
비통한 일일 것이다.

　세상의 기록과 가치는 다른 자료와의 상관관계를 통해 드러난다.
그러나 인간은 무제한적 인지 능력을 갖고 있지 않기에 그 모든 기
록과 자료를 다 확인할 수가 없다. 객관적 자료라는 것도 자료 자
체의 진위나 취사선택의 가능성, 자료에 대한 기록과 자료 자체가
동일한 것인지를 알 수 없다. 그뿐인가, 정보를 충분히 평가할 시간

도 턱없이 부족하기에 진실이라는 건 단지 경험칙으로 판단할 수밖에 없다. 그러나 기억도 왜곡되고 기록도 조작될 수 있어서 결국 어떤 것이 진실인가는 어느 누구도 장담할 수가 없다. 그렇다면 과연 세상의 진실은 어디부터 진실이고, 어디까지가 진실일까?

사람들은 인간의 감정과 정서, 자아, 본능, 공감이야말로 진정한 진실이라고 한다. 기억도 조작될 수 있지만 마음의 진정성은 의심할 수 없어서 진정성이야말로 진실을 알아보는 팩트의 역할을 한다는 것이다. 하지만 인간의 공감능력, 정서라는 것도 자기중심적이어서 자신이 생태학적 목적에 따라 세상을 바라보고 판단하기 일쑤다. 마음 깊은 곳의 감정이 동반되긴 하지만 감정이 동반된 진실의 탐구는 더 왜곡되기 마련이다.

소설『트러스트』는 1920년대 월 스트리트를 주요 배경으로 금융계에서 전설적인 성공을 거두며 어마어마한 부를 쌓은 앤드루 베벨과 밀드레드 베벨 부부의 이야기를 네 가지 서로 다른 이야기로 펼쳐 나간다.

1부부터 4부까지 주인공 부부에 대하여 기술한 사람들이 모두 달라서 그들 네 사람은 모두 두 주인공을 다르게 묘사하고 있다. 모두가 진실이 아닌 것이 각자에게 진실이다.

결국 진실은 어떤 것인지 알 수는 없지만, 소설을 쓴 4인 중 어떤 이는 기록과 자료를 바탕으로 기술하였을 것이며, 어떤 이는 감정과 현상과 사물을 보는 공감능력을 바탕으로 기술하였을 것이다. 어떤 이는 자기중심적 감정에서 기술하기도 하였을 것이다. 더불어 1920년대 금융가 월스트리트를 배경으로 부와 권력의 성공 신화를 이룬 이의 글을 서술한 내용이니 그들이 벌어들인 부와 권력이 있기까지 세상이 입어야 했던 타격에 대하여 비판적 시각으로 기술한 이도 있을 것이며, 그러한 부와 권력을 이용하여 현실을 구부리고 조정하여 진실을 왜곡했을 수도 있을 것이다.

결국 한 가지 사안에 대하여 인간의 제한적 인지능력인 자료와 기록에 같은 사안을 바라보는 시각과 감정, 공감능력이 보태져서 진실을 대변할 수 있다고 하지만, 부와 권력이 끼어들고 왜곡된 기억과 자기중심성의 복합체인 인간성의 결함은 각자의 진실이 모두에게 진실은 아니라는 한계를 보여 준다. 그렇다면 과연 이 세상의 진실은 어디부터 진실이고, 어디까지가 진실일까?

우리는 세상의 변화에
어떻게 대응하는가?

　　　　2023년 여름은 지긋지긋하다는 말이 입에 달리도
록 지겨웠다. 더위와 비는 마치 이어달리기라도 하듯 평균 30도를
웃돌면서 지속되는가 하면 후덥지근한 도시의 시멘트 바닥은 용광
로처럼 훨훨 타오르는 듯했다. 사람들은 더위에 익어서 뻘건 채로
건물의 에어컨 바람으로 몰려들었고, 여름의 바캉스는 해수욕장이
아닌 쇼핑몰의 몰캉스로 유행하였다. 무심한 더위는 무심하게 지
구인을 달구었다. 지구 온난화는 이제 당장 해결해야 할 지구인의
과제가 되었다. 세상은 유사 이래 지속적으로 변해왔지만, 요즘 세
상은 더 거세게 변하고 있다.

　　책『왜 파타고니아는 맥주를 팔까』는 세상의 모든 변화에 어떻게

방아쇠를 당겨야 하는지, 새로운 시장, 새로운 수요를 창조하는 데 있어 관성을 타파하고 습관을 바꾸려면 결정적 계기가 있어야 한다는 메시지를 전한다. 우리에게는 새로운 브랜드 언어가 필요하다는 것이다.

현재 문제가 되고 있는 빈곤, 기후변화, 식량문제, 삼림 파괴 등은 하루아침에 해결할 수 있는 수준이 아니라서 10년 계획 같은 장기적이고 구조적인 해결책이 필요하다고 전한다. 이윤 창출만을 목적으로 했던 기업의 재무적 요소에서 벗어나 빈곤문제, 식량문제 등의 사회적 책임뿐만 아니라 기업의 지배구조 전환에 이르기까지 기업의 비재무적 요소까지 만족시킴으로써 소비자가 원하는 것이 무엇인지를 제대로 알고 대응해야 한다는 것이다.

이러한 목표를 달성하기 위해 나온 게 ESG다. ESG는 환경(Environment), 사회(Social), 지배구조(Governance)의 첫 글자를 모은 것인데, 기업의 비재무적 요소인 ESG가 기업의 가치와 성과를 측정하는 주요 지표로 떠오르고 있는 것이다. 국가, 정부가 주목하는 세계적 이슈의 중요한 흐름이다.

환경(Environment) 문제를 봤을 때 1980년대 친환경 메시지의 핵심은 '지구가 아프다.'였다. 그러나 일부 의식 있는 사람들만 이 운동의 대열에 동참했을 뿐 대다수는 외면했다. 자기 일로 와 닿지 않았던 것이다. 그래서 오늘날 친환경 운동의 메시지는 '내 몸에 나빠요.'로 바뀌었다. 인간은 자기중심적이기에 인류가 멸망의 위기라고 하더라도 피부에 와 닿지 않는다. 나 자신, 내 가족의 몸에 해롭다고 하면 사람들은 변하고 실제 효과도 더 크다. 실제 화장실 청소에 쓰이는 세정제도 사용설명서에서 매우 독하니 고무장갑을 착용하고, 청소용 솔에 묻은 액체가 튀지 않게 조심하라고 하면 소비자는 그 주의 사항을 꼭 지킨다. 그래서 친환경 상품이 왜 좋은지, 소비자에게 직접 좋다는 것을 알려줌으로써 결국 그런 소비행위가 지구온난화를 예방하는 효과를 가져오도록 하는 것이다.

사회적(SOCIAL) 통합의 측면에서 살펴보아야 할 것은 빈곤의 문제이다. 전 세계 인류 중 10억 명 이상이 여전히 극단적 빈곤에 처해 있다. 과거에 비해 어느 정도 개선되었다고는 하지만 극도의 빈곤은 여전히 존재하고, 코로나 팬데믹 이후 빈부 격차는 더욱 심화되고 있다. 여성, 소수민족, 소수 종교집단은 여전히 사회적 불이익을 당하고 있어서 불신, 반목, 냉소주의가 사회에 만연하다. 이를 바꿔 보자는 것이 사회적 통합이다.

환경의 지속가능성, 경제적 번영, 사회적 통합을 해결하기 위해서는 정부, 기업 등 조직 안에서의 적절한 지배구조(Government)가 필요함을 강조한다. 정부와 기업이 자신의 행동에 책임을 지고, 투명해야 하며, 주주뿐만 아니라 모든 이해관계자가 의사 결정에 참여하고, 오염자 부담 원칙을 실천하자는 것이다. 탄소 배출권의 문제도 여기서 제기된다.

책은 이러한 목표를 달성하기 위한 환경, 사회, 지배구조 면에서 왜 이러한 국제적 목표를 달성해야 하는지를 현재 이러한 운동에 주력하고 있는 기업들을 예로 들면서 설명한다. 아웃도어 회사 파타고니아가 왜 맥주를 팔게 되었는지, 왜 머크는 공짜로 약을 주었는지, 왜 가토제작소는 60세 이상만 채용하는지, 왜 스타벅스는 어느 날 3시간 동안 전 세계 매장의 문을 닫았는지 등, 25개 브랜드의 예를 들면서 ESG 경영을 실천하는 기업들의 실제 사례를 소개하고 있다.

과거에는 ESG가 당위성의 측면에서만 이해되고 경제적 성과에는 오히려 장애요인으로 작용한다는 편견이 있었지만, 지금은 지속가능한 실제 경영과 ESG는 떼려야 뗄 수 없는 불가분의 관계가 되었다는 것을 강조하고 있다. 또한 ESG가 강조되는 흐름은 MZ 세대의 등장과도 궤를 같이한다. 통계청의 조사에 따르면 1980년대 초부터 2000년대 초 사이에 출생한 MZ세대는 현재 1,800만 명으로, 전체 인구의 35%를 차지한다. 베트남, 인도네시아 등 청년 세대가 많은 국가가 꽤 있어서 전 세계적으로 보면 인구의 60%를 넘어서는데, 이들은 활발한 소비자이자 조직 구성원이다. MZ세대는 ESG를 원한다. 결국 소비자들의 의식이 성장했고, 과거보다 기업의 경영 활동이 투명해지면서 주주 자본주의는 이해관계자 자본주의로 전환이 이루어지고 있는 셈이다. 진정성의 경영철학을 브랜드에 일관되게 녹여내는 기업이 성장하는 시대가 되었다.

우리는 삶의 수용소에서 자유로운가?

    삶이 무료하거나 우울이 엄습해 올 땐 어둡고 습한 기운으로부터 자신이 벗어나려는 도구를 활용하는 건 꽤나 도움이 되는 것 같다.

나의 경우 우울이나 무료함이 삶으로 스며들 기미가 보이면 경쾌한 음악을 듣거나 친하게 지내는 사람들을 만나곤 하는데, 이것 말고도 또 다른 처방이 있다면 그건 힘이 뿜뿜 솟는 자기계발서를 읽는 것이다.

경쾌한 음악을 듣는 것과 친한 사람을 만나 수다를 떠는 일이 동적이라면, 자기계발서를 읽는 일은 정적인 행위다.

그 정적인 행위에 눈과 머리와 심장이 교류하는 동안 영혼을 스멀스멀 잠식하려던 우울과 무료함은 맥을 못 추고 사그라지곤 한다.

빅터 프랭클(Victor E. Frankle, 1905~1997)의『죽음의 수용소에서』도 삶의 무료와 우울을 물리치기에 적합했다.

저자 빅터 프랭클(Victor E. Frankle, 1905~1997)은 오스트리아에서 태어난 유대계 정신과 의사이자 심리학자이다.

그가 오스트리아 빈에서 정신과 의사로 활동하던 중 제2차 세계 대전이 일어나자 나치 강제 수용소에 갔다. 그 수용소에서 3년간 생활하였던 홀로코스트 체험기를『죽음의 수용소에서』라는 책으로 엮었는데, 책은 인간의 존엄이 묵살된 잔혹한 홀로코스트의 체험을 생존자의 시선에서 생생하고 적나라하게 보여 준다.

나치 강제 수용소는 온갖 욕설과 구타, 삶과 죽음이 엇갈리는 끔찍한 현실과 가스실에서 죽은 사람들의 연기가 유령처럼 피어오른다.

헐벗고 굶주려 온종일 음식만을 생각하는 사람들은 빵 한 조각이 간절해서 어떤 것으로든 바꿀 용의가 있다.

그러나 빅터 프랭클은 죽음의 수용소에서 '스스로의 신념을 지키기 위하여', '주어진 환경에서 자신의 태도를 스스로 결정하고 자신의 길을 선택할 수 있는 자유'만은 빼앗을 수 없다고 주장한다.

이러한 주장의 실천으로 '로고 테라피'를 의미치료의 도구로 개발하였다.

고든 W.올포트의 추천사대로 정신의학의 대학자 지그문트 프로이트가 인간에게 고통을 주는 원인이 무의식적인 동기에서 비롯된 불안에서 왔다고 본 반면 빅터 프랭클은 신경질환의 노이로제 같은 질환은 환자가 자기 존재에 대한 의미와 책임을 발견하지 못한 데 원인이 있다고 보았다.

로고 테라피의 개념 역시 '의미를 찾으려는 의지'에 초점을 맞추었다. 죽음의 공포와 끝이 보이지 않는 절망과 좌절을 매일매일 경험하는 수용소 사람들에게 그럼에도 불구하고 산다는 건 곧 시련을 감내하는 것이며, 살아남으려면 그 시련 속에서 어떤 의미를 찾아야 한다는 것이다.

인간은 잠재력을 통하여 시련을 겪으면서도 고통을 승리로 이끌고, 스스로 견딜 수 있는 용기를 재생산한다.

꼭 먹여 살려야 하는 존재가 있을 땐 생존을 위한 어떤 일이든 하는 것처럼 왜 살아야 하는지에 대한 인생의 의미를 지닌 사람은 어떻게든 살아가게 되어 있다. 살아야 할 분명한 이유가 있는 사람은 절대 생을 포기하지 않는다는 것이다.

만일 빅터 프랭클과 같은 운명에 처해 있었다면 나는 어떤 행동을 취했을까?

삶이 무료하고 우울하다는 어둠이 엄습할 겨를이나 있었을까?

아마도 우울이 엄습하거나 무료한 삶조차도 얼마나 소중했는지를 실감하게 될 것이다.

행복은 상대적이다.

지금의 나보다 상대적인 어떤 상황들, 그 상대적 격차와 괴리감에서 오는 박탈감. 그것이 자신에게서 기인했다기보다 타인으로부터 기인했을 때 더 크게 느껴지는 괴리감이 행복의 편차일 것이다. 그러나 그 편차 속엔 '삶에서의 의미'가 함수처럼 작용하고 있다는 걸 고려하지 않았다.

우리는 지금 삶이 무료하고 우울한가, 아니면 그럭저럭 살만한가?

상대적 비극 앞에서 어느 누가 행복하지 않을 도리가 있을까?

나는 왜 철학을 따분하고 지루하다고 했을까?

"무엇이 옳고 무엇이 그른지 판별하는 것. 세계와 인간의 삶에 대한 근본 원리, 인간의 본질, 세계관 등을 탐구. 존재, 지식, 가치, 이성, 인식 그리고 언어, 논리, 윤리 등 대상의 실체를 연구하는 학문." 위키 백과 사전에 나와 있는 철학의 정의이다.

장황하고 어렵게 쓰여 있지만 결국 인류와 사회, 그리고 세계 모든 현상에 관하여 통찰을 담아내는 학문이라는 것이다. 그런데 이렇게 좋은 학문이 대중에겐 낯설다. 경영학, 법학, 경제학… 이런 학문은 낯익은데, 철학은 낯설다. 어딘가 특정한 누군가가 공부하는 분야인 것 같고, 배우기도 전에 어려운 학문인 것 같고, 배우면서도 어려워할 것 같은 느낌이다.

실제로 철학을 공부하는 사람들은 경영학이니 경제학이니 법학이니 하는 학문을 배우는 사람들보다 더 희소하다. 그만큼 쉽사리 접근하지도 않거니와 그 학문의 세계에서 오래도록 연구를 하고 지속하는 사람들도 드물고, 현대의 철학자는 고대의 철학자들보다 명성도 덜 하다. 그만큼 역사가 흐르면서 소홀히 다루어지고, 그 쓸모에 대하여 계몽이나 설명도 하지 않고 지냈다. 위대하고 준엄한 학문이기에 철학은 인간의 교양이다. 대학에서 철학을 교양필수로 가르쳤다면 대학을 졸업한 모든 이들은 철학을 공부하고 철학과 그만큼 친숙해졌을 것이다. 그러나 현실은 그렇지 않았다.

순수학문을 제외한 모든 학문은 실용적이어야 한다. 살면서 어딘가에 쓰임이 있어야 그 학문을 배우는 의미가 있다. 사칙연산을 배우는 것도 실생활의 어딘가에서 늘 쓰이고, 경영학이든 법학이든 경제학이든 실생활에서 모두 쓰이는 학문이다. 교육의 목적은 좀 더 나은 삶이다. 나은 삶을 위해 배운 학문을 써먹는다. 그런데 철학은 배워도 어딘가에 '이렇다'고 써먹는 형태가 안 보인다. 2+3=5처럼 정답이 나타나는 게 아니라 세계 모든 현상에 관한 통찰을 담아내는 학문이라고 하니 이것은 실체가 없다. 관념 같기도 한 이미지, 생각, 사고, 성찰, 즉 마음에서 일어나는 작용들인 것이다. 이런 작용들은 눈에 확 드러나게 보이지 않는다. 그저 철학을 하는 사람들을 보면 자신들의 철학과 사상을 주장하기에 급급하고 또

한 가까이 있어도 멀게 느껴지는 존재인 것이다. 더욱이나 고대의 철학자들이 남긴 유명한 명언들은 현대 사회까지 전해져 내려오고 있지만, 철학이 학문의 기능을 하면서 대중화되고 발전되어 내려오진 않았다. 철학자들만을 위한 그들만의 리그에서 시작하여 그들만의 리그로 끝날 뿐이다. 철학을 유용하게 사용하는 길잡이 역할을 전혀 하지 못한 것이다. 그런 연유로 철학이라는 용어나 학문이 일반인들에게 널리 쓰이지 못하고 생경한지도 모른다. 먼 나라 이웃 나라 사람들의 학문처럼 다루어져 왔기에 대중화되지 못했고, 일단 어렵다는 인식이 대중에게 뿌리박혀 있다.

어떤 학문을 전공으로 심도 있게 배우는 것이 어려울 땐 쉬운 길로 돌아가는 방법이 있다. 그 학문을 배경으로 실생활과 연관 지어 쓴 책을 읽거나 쉽게 풀어내는 강의를 듣거나 다큐 방송을 보는 방법이다. 그런 방법으로 접근했을 땐 어려운 학문도 쉽게 이해가 되고, 재미까지 가미되어 흥미를 유발하게 된다.

책 『철학은 어떻게 삶의 무기가 되는가』도 그러한 책 중의 하나다. 철학이라는 게 세계 모든 현상에 관하여 통찰을 담아내는 학문이라고 했는데, 이 책은 우리 대중들이 '어렵다'는 선입견과 '골치 아프다'는 편견으로 쉽게 접근하지 못하는 철학을 어떻게 현실과 연결하여 풀어낼 것인가를 고민했다. 현실의 생활은 세계 현상의 일부요, 그렇다면 삶 자체가 철학이다. 인간의 심리와 조직 현상들의 사례를 들면서 왜 어떤 사람은 저렇게 행동하는지, 바뀌지 않은 조직은 왜 그런 건지 사회의 시스템이 인간을 어떻게 소외시키고 있는지, 어떻게 사고해야 사고의 함정에 빠지지 않는 건지 등을 풀어낸다. 50인의 철학자에 맞춰 50가지의 사례로 풀어낸 철학 이야기는 삶과 철학이 애초에 한 몸이었다는 것을 알게 한다. 쉽게 읽히고 이해를 돕는 건 현실에 적용할 만한 내용으로 사례를 접목해서 풀어낸 때문인 듯하다. 인간과 사회, 조직에 접목시켜 해석하는 작가의 탁월한 능력 덕분에 따분하고 지루했던 철학이 재미로 다가온다. 나는 왜 철학을 따분하고 지루하다고 했을까?

인간의 성적 적응은 어디부터였을까?

남녀 간의 결혼생활을 죽을 때까지 유지한다면 한 여성과 남성은 자신이 성장했던 친족의 생활보다 더 긴 세월 동안 다른 혈족의 다른 문화권에서 성장한 사람과 공동의 생활을 유지하는 위대한 과업을 완수하는 셈이다. 공부를 하는 것이나 돈을 버는 것이나 사회적 관계를 맺고 살아가는 것이나 자녀를 키우는 것보다 더 어렵고도 혼란스러운 복잡계의 생활이 결혼 생활이다. 그 결혼 생활을 이혼으로든 졸혼으로든 중단시키지 않고 함께 살아간다는 건 한 여자와 남자가 서로의 머리끝부터 발끝까지, 그리고 상대의 오장육부까지 이해하거나 수용하려고 애써서일 것이다. 남녀가 만나서 짝을 짓고 화합을 이룬다는 건 '남자'와 '여자'의 글자 생김새만큼이나 상반되고도 이질적인 화합물의 결합이어서 함께 살아가는 데 대한 어떤 이유, 죽도록 사랑한다는 해맑은 이유나 자녀 문제 혹은 경제적 이유, 자원 등의 그 어떤 요인이 있어야 가능하다. 그런 요인이 없다면 굳이 남녀 간의 심리적 복잡계를 감당하면서까지 함께 살아갈 이유가 없을 것이다.

책 『욕망의 진화』는 인간 남녀의 사랑, 연애, 섹스, 결혼 등 한 이불 아래 동상이몽을 꾸는 두 욕망의 실체를 들여다볼 수 있도록 미국 텍사스 대학의 심리학 교수 데이비드 버스가 진화심리학의 입장에서 썼다. 먼 과거에서부터 현재에 이르기까지 수백만 년에 걸친 인간 진화의 역사를 성적 본능의 입장에서 파헤치고, 남녀의 심리 깊은 곳에 숨겨진 인간 본연의 성적 욕망을 드러낸다.

책은 사랑과 섹스, 유혹과 갈등, 결혼과 이혼, 정절과 부정 등의 인간의 보편적 속성에 관한 일반적 통념을 송두리째 뒤흔드는 내용이 많다. 특히 여성이 읽으면 충격적인 내용이 많아서 분노와 반감이 드는데, 읽는 내내 인간의 본능이 이성을 지배하는 내용에 닿을 때마다 불쑥불쑥 이성이 본능을 지배하려 하기도 한다. 그러나 워낙 방대하고도 심층적으로 분석한 통계적 자료와 샘플이 제시됨에 따라 본능에서 나온 행동으로 인하여 여성과 남성의 생각과 행동이 차이가 난다는 것을 실감하게 되기도 한다.

저자는 다윈의 성 선택 이론을 적용하여, 남녀의 배우자에 대한 선호도와 배우자를 차지하기 위한 경쟁에서 사용하는 각종 전략을 샘플 연구를 통하여 밝히기도 했다. 그 연구를 바탕으로 인간의 짝짓기와 연애, 섹스, 그리고 사랑은 근본적으로 전략의 일환이라고 한다. 바람직한 배우자 후보감을 두고 벌이는 치열한 짝짓기 전투에서 경쟁자를 제치고 성공적으로 짝짓기하는 데에는 여러 특정한 적응적 문제들을 해결할 수 있는 인간의 심리 기제가 설계되어 있다는 것이다. 책은 남녀가 역사적으로 짝짓기 과정에서 부딪혀 왔던 적응적 문제들을 파헤치고, 이를 해결하기 위해 진화해 온 복잡한 성 전략을 알려준다.

600페이지에 닿는 방대한 벽돌책은 인간의 쾌락과 관련된 성을 다루는 면에서 심리적 유혹과 흥미를 유발한다. 내용이 워낙 방대하다 보니 책의 후반부로 갈 때쯤엔 살짝 지루한 면도 있으나 그럴 때마다 통계적 자료와 인간의 물리적 진화 과정을 이해시키는 내용이 나와서 끝까지 읽게 되는 묘한 진득함도 유발한다.

인간의 욕망 중 가장 강력하고도 폭발적인 욕망은 성욕일 것이다. 성과 관련된 내용은 대부분 드라마의 주제이기도 하고, 가장 강력한 예술의 모티브이기도 하다. 짐승의 나체보다 인간의 벗은 몸을 그려놓은 그림에 눈길이 먼저 가는 것도 인간의 '성'이라는 것이 워낙 강력한 욕망이기에 태고 이래 짝을 이루며 자손을 번식시키고 인류가 존속하는 이유이기도 할 것이다. 그래서 장장 600페이지나 되는 책이 2007년부터 시작하여 37쇄를 찍을 만큼 대중들에게 흥미를 유발하고 있는지도 모르고 어쩌면 인간의 '성'이라는 것은 그 기원이 오래도록 유구하여 우리 모두에게 적응되어 온 것인지도 모른다.